HÉSIODE ÉDITIONS

BALZAC

# L'Interdiction

Hésiode éditions

© Hésiode éditions.

1 rue Honoré - 93500 Pantin.
ISBN 978-2-38512-071-9
Dépôt légal : Octobre 2022

*Impression Books on Demand GmbH*

*In de Tarpen 42*
*22848 Norderstedt, Allemagne*

# L'Interdiction

En 1828, vers une heure du matin, deux personnes sortaient d'un hôtel situé dans la rue du Faubourg-Saint-Honoré, près de l'Élysée-Bourbon : l'une était un médecin célèbre, Horace Bianchon ; l'autre un des hommes les plus élégants de Paris, le baron de Rastignac, tous deux amis depuis long-temps. Chacun d'eux avait renvoyé sa voiture, il ne s'en trouva point dans le faubourg ; mais la nuit était belle et le pavé sec.

– Allons à pied jusqu'au boulevard, dit Eugène de Rastignac à Bianchon, tu prendras une voiture au Cercle ; il y en a là jusqu'au matin. Tu m'accompagneras jusque chez moi.

– Volontiers.

– Eh ! bien, mon cher, qu'en dis-tu ?

– De cette femme ? répondit froidement le docteur.

– Je reconnais mon Bianchon, s'écria Rastignac.

– Hé ! bien, quoi ?

– Mais tu parles, mon cher, de la marquise d'Espard comme d'une malade à placer dans ton hôpital.

– Veux-tu savoir ce que je pense, Eugène ? Si tu quittes madame de Nucingen pour cette marquise, tu changeras ton cheval borgne contre un aveugle.

– Madame de Nucingen a trente-six ans, Bianchon.
Œuvres complètes de H. de Balzac, X.djvu
– Et celle-ci en a trente-trois, répliqua vivement le docteur.

– Ses plus cruelles ennemies ne lui en donnent que vingt-six.

– Mon cher, quand tu auras intérêt à connaître l'âge d'une femme, regarde ses tempes et le bout de son nez. Quoi que fassent les femmes avec leurs cosmétiques, elles ne peuvent rien sur ces incorruptibles témoins de leurs agitations. Là chacune de leurs années a laissé ses stigmates. Quand les tempes d'une femme sont attendries, rayées, fanées d'une certaine façon ; quand au bout de son nez il se trouve de ces petits points qui ressemblent aux imperceptibles parcelles noires que font pleuvoir à Londres les cheminées où l'on brûle du charbon de terre ! votre serviteur ! la femme a passé trente ans. Elle sera belle, elle sera spirituelle, elle sera aimante, elle sera tout ce que tu voudras ; mais elle aura passé trente ans, mais elle arrive à sa maturité. Je ne blâme pas ceux qui s'attachent à ces sortes de femmes ; seulement, un homme aussi distingué que tu l'es ne doit pas prendre une reinette de février pour une petite pomme d'api qui sourit sur sa branche et demande un coup de dent. L'amour ne va jamais consulter les registres de l'État Civil ; personne n'aime une femme parce qu'elle a tel ou tel âge, parce qu'elle est belle ou laide, bête ou spirituelle : on aime parce qu'on aime.

– Eh ! bien, moi, je l'aime par bien d'autres raisons. Elle est marquise d'Espard, elle est née Blamont-Chauvry, elle est à la mode, elle a de l'âme, elle a un pied aussi joli que celui de la duchesse de Berri, elle a peut-être cent mille livres de rente, et je l'épouserai peut-être un jour ! enfin elle payera mes dettes.

– Je te croyais riche, dit Bianchon en interrompant Rastignac.

– Bah ! j'ai quinze mille livres de rente, précisément ce qu'il faut pour mon écurie. J'ai été roué, mon cher, dans l'affaire de monsieur de Nucingen, je te raconterai cette histoire-là. J'ai marié mes sœurs, voilà le plus clair de ce que j'ai gagné depuis que nous nous sommes vus, et j'aime mieux les avoir établies que de posséder cent mille écus de rente. Maintenant que veux-tu que je devienne ? J'ai de l'ambition. Où peut me mener madame de Nucingen ? Encore un an, je serai chiffré, casé, comme l'est un homme marié. J'ai tous les désagréments du mariage et ceux du célibat sans avoir les avantages ni de l'un ni de l'autre, situation fausse, à laquelle arrivent tous ceux qui restent trop long-temps attachés à une même jupe.

— Eh ! crois-tu donc trouver ici la pie au nid ! dit Bianchon. Ta marquise, mon cher, ne me revient pas du tout.

— Tes opinions libérales te troublent l'œil. Si madame d'Espard était une madame Rabourdin…

— Écoute, mon cher, noble ou bourgeoise, elle serait toujours sans âme, elle serait toujours le type le plus achevé de l'égoïsme. Crois-moi, les médecins sont habitués à juger les hommes et les choses ; les plus habiles d'entre nous confessent l'âme en confessant le corps. Malgré ce joli boudoir où nous avons passé la soirée, malgré le luxe de cet hôtel, il serait possible que madame la marquise fût endettée.

— Qui te le fait croire ?

— Je n'affirme pas, je suppose. Elle a parlé de son âme comme feu Louis XVIII parlait de son cœur. Écoute-moi ! cette femme frêle, blanche, aux cheveux châtains, et qui se plaint pour se faire plaindre, jouit d'une santé de fer, possède un appétit de loup, une force et une lâcheté de tigre. Jamais ni la gaze, ni la soie, ni la mousseline, n'ont été plus habilement entortillés autour d'un mensonge ! Ecco.

— Tu m'effraies, Bianchon ! tu as donc appris bien des choses depuis notre séjour à la Maison-Vauquer ?

— Oui, depuis ce temps-là, mon cher, j'en ai vu, des marionnettes, des poupées et des pantins ! Je connais un peu de ces belles dames de qui vous soignez le corps et ce qu'elles ont de plus précieux, leur enfant, quand elles l'aiment, ou leur visage qu'elles adorent toujours. Vous passez les nuits à leur chevet, vous vous exterminez pour leur sauver la plus légère altération de beauté, n'importe où ; vous avez réussi, vous leur gardez le secret comme si vous étiez mort, elles vous envoient demander votre mémoire et le trouvent horriblement cher. Qui les a sauvées ? la nature ! Loin de vous prôner, elles médisent de vous, en craignant de vous donner pour médecin à leurs bonnes amies. Mon cher, ces femmes de qui vous dites : – « C'est des anges ! » moi, je les ai vues déshabillées des petites mines sous lesquelles elles couvrent leur âme, aussi bien que des chiffons sous lesquels elles déguisent leurs imperfections : sans manières et sans corset. Elles ne sont pas belles. Nous avons commencé par voir bien des graviers, bien des saletés sous le flot du monde, quand nous étions échoués sur le roc de la Maison-Vauquer ; ce que nous y avons vu n'était rien. Depuis que je vais dans la haute société, j'ai rencontré des monstruosités habillées de satin, des Michonneau en gants blancs, des Poiret chamarrés de cordons, des grands seigneurs faisant mieux l'usure que le papa Gobseck ! À la honte des hommes, quand j'ai voulu donner une poignée de main à la vertu, je l'ai trouvée grelottant dans un grenier, poursuivie de calomnies, vivotant avec quinze cents francs de rente ou d'appointements, et passant pour une folle, pour une originale ou une bête. Enfin, mon cher, ta marquise est une femme à la mode, et j'ai précisément ces sortes de femmes en horreur. Veux-tu savoir pourquoi ? Une femme qui a l'âme élevée, le goût pur, un esprit doux, le cœur richement étoffé, qui mène une vie simple n'a pas une seule chance d'être à la mode. Conclus ? Une femme à la mode et un homme au pouvoir sont deux analogies ; mais à cette différence près, que les qualités par lesquelles un homme s'élève au-dessus des autres le grandissent et font sa gloire ; tandis que les qualités par lesquelles une femme arrive à son empire d'un jour, sont d'effroyables vices : elle se dénature pour cacher son caractère, elle doit, pour mener la vie militante du monde, avoir une santé de fer sous une apparence frêle. En qualité de médecin, je sais que la bonté de l'estomac exclut la bonté du cœur. Ta femme à la mode ne sent rien, sa fureur de plaisir a sa cause dans une envie de réchauffer sa nature froide, elle veut des émotions et des jouissances, comme un vieillard se met en espalier à la rampe de l'Opéra. Comme elle a plus de tête que de cœur, elle sacrifie à son triomphe les passions vraies et les amis, comme un général envoie au feu ses plus dévoués lieutenants pour gagner une bataille. La femme à la mode n'est plus une femme : elle n'est ni mère, ni épouse, ni amante ; elle est un sexe dans le cerveau, médicalement parlant. Aussi ta marquise a-t-elle tous les symptômes de sa monstruosité, elle a le bec de l'oiseau de proie, l'œil clair et froid, la parole douce ; elle est polie comme l'acier d'une mécanique, elle émeut tout, moins le cœur.

– Il y a du vrai dans ce que tu dis, Bianchon.

– Du vrai ! reprit Bianchon, tout est vrai. Crois-tu donc que je n'aie pas été atteint jusqu'au fond du cœur par l'insultante politesse avec laquelle elle me faisait mesurer la distance idéale que la noblesse met entre nous ? que je n'aie pas été pris d'une profonde pitié pour ses caresses de chatte en pensant à son but. Dans un an d'ici, elle n'écrirait pas un mot pour me rendre le plus léger service, et ce soir elle m'a criblé de sourires, en croyant que je puis influencer mon oncle Popinot, de qui dépend le gain de son procès…..

– Mon cher, aurais-tu mieux aimé qu'elle te fît des sottises ? J'admets ta catilinaire contre les femmes à la mode ; mais tu n'es pas dans la question. Je préférerai toujours pour femme une marquise d'Espard à la plus chaste, à la plus recueillie, à la plus aimante créature de la terre. Épousez un ange ! il faut aller s'enterrer dans son bonheur au fond d'une campagne. La femme d'un homme politique est une machine à gouvernement, une mécanique à beaux compliments, à révérences ; elle est le premier, le plus fidèle des instruments dont se sert un ambitieux ; enfin c'est un ami qui peut se compromettre sans danger, et que l'on désavoue sans conséquence. Suppose Mahomet à Paris, au dix-neuvième siècle ! sa femme serait une Rohan, fine et flatteuse comme une ambassadrice, rusée comme figaro. Ta femme aimante ne mène à rien, une femme du monde mène à tout, elle est le diamant avec lequel un homme coupe toutes les vitres, quand il n'a pas la clef d'or avec laquelle s'ouvrent toutes les portes. Aux bourgeois les vertus bourgeoises, aux ambitieux les vices de l'ambition. D'ailleurs, mon cher, crois-tu que l'amour d'une duchesse de Langeais ou de Maufrigneuse, d'une lady Dudley n'apporte pas d'immenses plaisirs ? Si tu savais combien le maintien froid et sévère de ces femmes donne du prix à la moindre preuve de leur affection ! quelle joie de voir une pervenche poindant sous la neige ! Un sourire jeté sous l'éventail dément la réserve d'une attitude imposée, et qui vaut toutes les tendresses débridées de tes bourgeoises à dévouement hypothétique ; car en amour le dévouement est bien près de la spéculation. Puis, une femme à la mode, une Blamont-Chauvry a ses vertus aussi ! Ses vertus sont la fortune, le pouvoir, l'éclat, un certain mépris pour tout ce qui est au-dessous d'elle…

– Merci, dit Bianchon.

– Vieux boniface ! répondit en riant Rastignac. Allons, ne sois pas vulgaire, fais comme ton ami Desplein : sois baron, sois chevalier de l'ordre de Saint-Michel, deviens pair de France, et marie tes filles à des ducs.

– Moi, je veux que les cinq cent mille diables…

– Là, là, tu n'as donc de supériorité qu'en médecine ; vraiment tu me fais beaucoup de peine.

– Je hais ces sortes de gens, je souhaite une révolution qui nous en délivre à jamais.

– Ainsi, cher Robespierre à lancette, tu n'iras pas demain chez ton oncle Popinot ?

– Si, dit Bianchon, quand il s'agit de toi, j'irais chercher de l'eau en enfer…

– Cher ami, tu m'attendris ; j'ai juré que le marquis serait interdit ! Tiens, je me trouve encore une vieille larme pour te remercier.

– Mais, dit Horace en continuant, je ne te promets pas de réussir à vos souhaits près de Jean-Jules Popinot, tu ne le connais pas ; mais je l'amènerai après-demain chez ta marquise, elle l'entortillera si elle peut. J'en doute. Toutes les truffes, toutes les duchesses, toutes les poulardes et tous les couteaux de guillotine seraient là dans la grâce de leurs séductions ; le roi lui promettrait la pairie, le bon Dieu lui donnerait l'investiture du Paradis et les revenus du Purgatoire ; aucun de ces pouvoirs n'obtiendrait de lui, de faire passer un fétu d'un plateau à l'autre de sa balance. Il est juge comme la mort est la mort.

Les deux amis étaient arrivés devant le Ministère des Affaires étrangères, au coin du boulevard des Capucines.

– Te voilà chez toi, dit en riant Bianchon qui lui montra l'hôtel du ministre. Et voici ma voiture, ajouta-t-il en montrant un fiacre. Ainsi se résume pour chacun de nous l'avenir.

– Tu seras heureux au fond de l'eau, tandis que je lutterai toujours à la surface avec les tempêtes, jusqu'à ce qu'en sombrant, j'aille te demander place dans ta grotte, mon vieux !

– À samedi, répliqua Bianchon.

– Convenu, dit Rastignac. Tu me promets le Popinot ?

– Oui, je ferai tout ce que ma conscience me permettra de faire. Peut-être cette demande en interdiction cache-t-elle quelque petit dramorama, pour nous rappeler par un mot notre mauvais bon temps.

– Pauvre Bianchon ! ce ne sera jamais qu'un honnête homme, se dit

Rastignac en voyant le fiacre s'éloigner.

– Rastignac m'a chargé de la plus difficile de toutes les négociations, se dit Bianchon en se souvenant à son lever de la commission délicate qui lui était confiée. Mais je n'ai jamais demandé à mon oncle le moindre petit service au Palais, et j'ai fait pour lui plus de mille visites gratis. D'ailleurs, entre nous, nous ne nous gênons point. Il me dira oui ou non, et tout sera fini.

Après ce petit monologue, le célèbre docteur se dirigea, dès sept heures du matin, vers la rue du Fouarre où demeurait monsieur Jean-Jules Popinot, juge au Tribunal de Première Instance du Département de la Seine. La rue du Fouarre, mot qui signifiait autrefois rue de la Paille, fut au treizième siècle la plus illustre rue de Paris. Là furent les écoles de l'Université, quand la voix d'Abeilard et celle de Gerson retentissaient dans le monde savant. Elle est aujourd'hui l'une des plus sales rues du douzième Arrondissement, le plus pauvre quartier de Paris, celui dans lequel les deux tiers de la population manquent de bois en hiver, celui qui jette le plus de marmots au tour des Enfants-Trouvés, le plus de malades à l'Hôtel-Dieu, le plus de mendiants dans les rues, qui envoie le plus de chiffonniers au coin des bornes, le plus de vieillards souffrants le long des murs où rayonne le soleil, le plus d'ouvriers sans travail sur les places, le plus de prévenus à la Police correctionnelle. Au milieu de cette rue toujours humide et dont le ruisseau roule vers la Seine les eaux noires de quelques teintureries, est une vieille maison, sans doute restaurée sous François Ier, et construite en briques maintenues par des chaînes en pierre de taille. Sa solidité semble attestée par une configuration extérieure qu'il n'est pas rare de voir à quelques maisons de Paris. S'il est permis de hasarder ce mot, elle a comme un ventre produit par le renflement que décrit son premier étage affaissé sous le poids du second et du troisième, mais que soutient la forte muraille du rez-de-chaussée. Au premier coup d'œil, il semble que les entre-deux des croisées, quoique renforcés par leurs bordures en pierre de taille, vont éclater ; mais l'observateur ne tarde pas à s'apercevoir qu'il en est de cette maison comme de la tour de Bologne : les vieilles briques et les vieilles pierres rongées conservent invinciblement leur centre de gravité. Par toutes les saisons, les solides assises du rez-de-chaussée offrent la teinte jaunâtre et l'imperceptible suintement que l'humidité donne à la pierre. Le passant a froid en longeant ce mur où des bornes échancrées le protégent mal contre la roue des cabriolets. Comme dans toutes les maisons bâties avant l'invention des voitures, la baie de la porte forme une arcade extrêmement basse, assez semblable au porche d'une prison. À droite de cette porte, sont trois croisées revêtues extérieurement de grilles en fer à mailles si serrées qu'il est impossible aux curieux de voir la destination intérieure des pièces humides et sombres, tant d'ailleurs les vitres sont sales et poudreuses ; à gauche sont deux autres croisées semblables dont une parfois ouverte permet d'apercevoir le portier, sa femme et ses enfants grouillant, travaillant, cuisinant, mangeant et criant au milieu d'une salle planchéiée, boisée où tout tombe en lambeaux et où l'on descend par deux marches, profondeur qui semble indiquer le progressif exhaussement du pavé parisien. Si, par un jour de pluie, quelque passant s'abrite sous la longue voûte à solives saillantes et blanchies à la chaux qui mène de la porte à l'escalier, il lui est difficile de ne pas contempler le tableau que présente l'intérieur de cette maison. À gauche, se trouve un jardinet carré qui ne permet pas de faire plus de quatre enjambées en tout sens, jardin à terre noire où il existe des treillages sans pampres, où, à défaut de végétation, il vient à l'ombre de deux arbres, des papiers, de vieux linges, des tessons, des gravats tombés du toit ; terre infertile où le temps a jeté sur les murs, sur le tronc des arbres et sur leurs branches une poudreuse empreinte semblable à de la suie froide. Les deux corps de logis en équerre dont se compose la maison, tirent leur jour de ce jardinet entouré par deux maisons voisines bâties en colombage, décrépites, menaçant ruine, où se voit à chaque étage quelque grotesque attestation de l'état exercé par le locataire. Ici de longs bâtons supportent d'immenses écheveaux de laine teinte qui sèchent ; là sur des cordes se balancent des chemises blanchies ; plus haut des volumes endossés montrent sur un ais leurs tranches fraîchement marbrées ; les femmes chantent, les maris sifflent, les enfants crient ; le menuisier scie ses planches, un tourneur en cuivre fait grincer son métal ; toutes les industries s'accordent pour produire un bruit que le nombre des instruments rend furibond. Le système général de la décoration intérieure de ce passage, qui n'est ni une cour, ni un jardin, ni une voûte, et qui tient de toutes ces choses, consiste en piliers de bois posés sur des dés en pierre, et qui figurent des ogives. Deux arcades donnent sur le jardinet ; deux autres qui font face à la porte cochère, laissent voir un escalier de bois dont la rampe fut jadis une merveille de serrurerie tant le fer y affecte des formes bizarres, et dont les marches usées tremblent sous le pied. Les portes de chaque appartement ont des chambranles bruns de crasse, de graisse, de poussière, et sont garnies de doubles portes revêtues de velours d'Utrecht semées de clous dédorés disposés en losanges. Ces restes de splendeur annoncent que, sous Louis XIV, cette maison était habitée par quelque conseiller au Parlement, par de riches ecclésiastiques ou par quelque trésorier des Parties Casuelles. Mais ces vestiges de l'ancien luxe attirent un sourire sur les lèvres par un naïf contraste entre le présent et le passé. Monsieur Jean-Jules Popinot demeurait au premier étage de cette maison où l'obscurité naturelle aux premiers étages des maisons parisiennes était redoublée par l'étroitesse de la rue. Ce vieux logis était connu de tout le douzième Arrondissement, auquel la Providence avait donné ce magistrat comme elle donne une plante bienfaisante pour guérir ou modérer chaque maladie. Voici le croquis de ce personnage que voulait séduire la brillante marquise d'Espard.

En qualité de magistrat, monsieur Popinot était toujours vêtu de noir, costume qui contribuait à le rendre ridicule aux yeux des gens habitués à tout juger sur un examen superficiel. Les hommes jaloux de conserver la dignité qu'impose ce vêtement, doivent se soumettre à des soins continuels et minutieux ; mais le cher monsieur Popinot était incapable d'obtenir sur lui-même la propreté puritaine qu'exige le noir. Son pantalon toujours usé ressemblait à du voile, étoffe avec laquelle se font les robes d'avocat ; et son maintien habituel finissait par y dessiner une si grande quantité de plis, qu'il s'y trouvait par places des lignes blanchâtres, rouges ou luisantes qui dénonçaient une avarice sordide ou la pauvreté la plus insoucieuse. Ses gros bas de laine grimaçaient dans ses souliers déformés. Son linge avait ce ton roux contracté dans l'armoire par un long séjour, et qui annonçait en feu madame Popinot la manie du linge ; suivant la mode flamande, elle ne se donnait sans doute que deux fois par an l'embarras d'une lessive. L'habit et le gilet du magistrat étaient en harmonie avec le pantalon, les souliers, les bas et le linge. Il avait un bonheur constant dans son incurie, car le jour où il endossait un habit neuf, il l'appropriait à l'ensemble de sa toilette en y faisant des taches avec une inexplicable promptitude. Le bonhomme attendait que sa cuisinière le prévînt de la vétusté de son chapeau pour le renouveler. Sa cravate était toujours tordue sans apprêt, et jamais il ne rétablissait le désordre que son rabat de juge avait mis dans le col de sa chemise recroquevillé. Il ne prenait aucun soin de sa chevelure grise, et ne se faisait la barbe que deux fois par semaine. Il ne portait jamais de gants, et fourrait habituellement ses mains dans ses goussets vides dont l'entrée salie, presque toujours déchirée, ajoutait un trait de plus à la négligence de sa personne. Quiconque a fréquenté le Palais de Justice à Paris, endroit où s'observent toutes les variétés du vêtement noir, pourra se figurer la tournure de monsieur Popinot. L'habitude de siéger pendant des journées entières modifie beaucoup le corps, de même que l'ennui causé par d'interminables plaidoyers agit sur la physionomie des magistrats. Enfermé dans des salles ridiculement étroites, sans majesté d'architecture et où l'air est promptement vicié, le juge parisien prend forcément un visage refrogné, grimé par l'attention, attristé par l'ennui ; son teint s'étiole, contracte des teintes ou verdâtres ou terreuses, suivant le tempérament de l'individu. Enfin, dans un temps donné, le plus florissant jeune homme devient une pâle machine à considérants, une mécanique appliquant le code sur tous les cas, avec le flegme des volants d'une horloge. Si donc la nature avait doué monsieur Popinot d'un extérieur peu agréable, la magistrature ne l'avait pas embelli. Sa charpente offrait des lignes heurtées. Ses gros genoux, ses grands pieds, ses larges mains contrastaient avec une figure sacerdotale qui ressemblait vaguement à une tête de veau, douce jusqu'à la fadeur, mal éclairée par des yeux vairons, dénuée de sang, fendue par un nez droit et plat, surmontée d'un front sans protubérance, décorée de deux immenses oreilles qui fléchissaient sans grâce. Ses cheveux grêles et rares laissaient voir son crâne par plusieurs sillons irréguliers. Un seul trait recommandait ce visage au physionomiste. Cet homme avait une bouche sur les lèvres de laquelle respirait une bonté divine. C'était de bonnes grosses lèvres rouges, à mille plis, sinueuses, mouvantes, dans lesquelles la nature avait exprimé de beaux sentiments ; des lèvres qui parlaient au cœur et annonçaient en cet homme l'intelligence, la clarté, le don de seconde vue, un angélique esprit ; aussi l'eussiez-vous mal compris en le jugeant seulement sur son front déprimé, sur ses yeux sans chaleur et sur sa piteuse allure. Sa vie répondait à sa physionomie, elle était pleine de travaux secrets et cachait la vertu d'un saint. De fortes études sur le Droit l'avaient si bien recommandé quand Napoléon réorganisa la justice en 1806 et 1811, que, sur l'avis de Cambacérès, il fut inscrit un des premiers pour siéger à la Cour impériale de Paris. Popinot n'était pas intrigant. À chaque nouvelle exigence, à chaque nouvelle sollicitation, le ministre reculait Popinot, qui ne mit jamais les pieds ni chez l'Archichancelier ni chez le Grand-Juge. De la Cour, il fut exporté sur les listes du Tribunal, puis repoussé jusqu'au dernier échelon par les intrigues des gens actifs et remuants. Il fut nommé Juge-suppléant. Un cri général s'éleva dans le Palais : – Popinot Juge-suppléant ! Cette injustice frappa le monde judiciaire, les avocats, les huissiers, tout le monde, excepté Popinot, qui ne se plaignit point. La première clameur passée, chacun trouva que tout était pour le mieux dans le meilleur des mondes possibles, qui certes doit être le monde judiciaire. Popinot fut Juge-suppléant jusqu'au jour où le plus célèbre Garde des Sceaux de la Restauration vengea les passe-droits faits à cet homme modeste et silencieux par les Grands-Juges de l'Empire. Après avoir été Juge-suppléant pendant douze années, monsieur Popinot devait sans doute mourir simple Juge au Tribunal de la Seine.

Pour expliquer l'obscure destinée d'un des hommes supérieurs de l'ordre judiciaire, il est nécessaire d'entrer ici dans quelques considérations qui serviront à dévoiler sa vie, son caractère, et qui montreront d'ailleurs quelques-uns des rouages de cette grande machine nommée la Justice. Monsieur Popinot fut classé par les trois Présidents qu'eut successivement le Tribunal de la Seine, dans une catégorie de jugerie, seul mot qui puisse rendre l'idée à exprimer. Il n'obtint pas dans cette compagnie la réputation de capacité que ses travaux lui avaient méritée par avance. De même qu'un peintre est invariablement enfermé dans la catégorie des paysagistes, des portraitistes, des peintres d'histoire, de marine ou de genre par le public des artistes, des connaisseurs ou des niais qui par envie, qui par omnipotence critique, qui par préjugé, le barricadent dans son intelligence en croyant tous qu'il existe des calus dans toutes les cervelles, étroitesse de jugement que le monde applique aux écrivains, aux hommes d'État, à tous les gens qui commencent par une spécialité avant d'être proclamés universels ; de même, Popinot eut sa destination et fut cerclé dans son genre. Les magistrats, les avocats, les avoués, tout ce qui pâture sur le terrain judiciaire, distingue deux éléments dans une cause : le Droit et l'Équité. L'équité résulte des faits, le droit est l'application des principes aux faits. Un homme peut avoir raison en équité, tort en justice, sans que le juge soit accusable. Entre la conscience et le fait, il est un abîme de raisons déterminantes qui sont inconnues au juge, et qui condamnent ou légitiment un fait. Un juge n'est pas Dieu, son devoir est d'adapter les faits aux principes, de juger des espèces variées à l'infini, en se servant d'une mesure déterminée. Si le juge avait le pouvoir de lire dans la conscience et de démêler les motifs afin de rendre d'équitables arrêts, chaque juge serait un grand homme. La France a besoin d'environ six mille juges ; aucune génération n'a six mille grands hommes à son service, à plus forte raison ne peut-elle les trouver pour sa magistrature. Popinot était au milieu de la civilisation parisienne un très-habile cadi, qui par la nature de son esprit et à force d'avoir frotté la lettre de la loi dans l'esprit des faits, avait reconnu le défaut des applications spontanées et violentes. Aidé par sa seconde vue judiciaire, il perçait l'enveloppe du double mensonge sous lequel les plaideurs cachent l'intérieur des procès. Juge comme l'illustre Desplein était chirurgien, il pénétrait les consciences comme ce savant pénétrait les corps. Sa vie et ses mœurs l'avaient conduit à l'appréciation exacte des pensées les plus secrètes par l'examen des faits. Il creusait un procès comme Cuvier fouillait l'humus du globe. Comme ce grand penseur, il allait de déductions en déductions avant de conclure, et reproduisait le passé de la conscience comme Cuvier reconstruisait un anoplotérium. À propos d'un rapport, il s'éveillait souvent la nuit, surpris par un filon de vérité qui brillait soudain dans sa pensée. Frappé des injustices profondes qui couronnaient ces luttes où tout dessert l'honnête homme, où tout profite aux fripons, il concluait souvent contre le droit en faveur de l'équité dans toutes les causes où il s'agissait de questions en quelque sorte divinatoires. Il passa donc parmi ses collègues pour un esprit peu pratique, ses raisons longuement déduites allongeaient d'ailleurs les délibérations ; quand Popinot remarqua leur répugnance à l'écouter, il donna son avis brièvement. On dit qu'il jugeait mal ces sortes d'affaires ; mais, comme son génie d'appréciation était frappant, que son jugement était lucide et sa pénétration profonde, il fut regardé comme possédant une aptitude spéciale pour les pénibles fonctions de Juge d'Instruction. Il demeura donc Juge d'instruction pendant la plus grande partie de sa vie judiciaire. Quoique ses qualités le rendissent éminemment propre à cette carrière difficile, et qu'il eût la réputation d'être un profond criminaliste à qui ses fonctions plaisaient, la bonté de son cœur le mettait constamment à la torture, et il était pris entre sa conscience et sa pitié comme dans un étau. Quoique mieux rétribuées que celles de Juge civil, les fonctions de Juge d'instruction ne tentent personne ; elles sont trop assujettissantes. Popinot, homme de modestie et de vertueux savoir, sans ambition, travailleur infatigable, ne se plaignit pas de sa destination : il fit au bien public le sacrifice de ses goûts, de sa compatissance, et se laissa déporter dans les lagunes de l'Instruction criminelle, où il sut être à la fois sévère et bienfaisant. Parfois, son greffier remettait au prévenu de l'argent pour acheter du tabac, ou pour avoir un vêtement chaud en hiver ; en le reconduisant du cabinet du juge à la Souricière, prison temporaire où l'on tient les prévenus à la disposition de l'instructeur. Il savait être juge inflexible et homme charitable. Aussi nul n'obtenait-il plus facilement que lui des aveux sans recourir aux ruses judiciaires. Il avait d'ailleurs la finesse de l'observateur.

Cet homme, d'une bonté niaise en apparence, simple et distrait, devinait les ruses des Crispins du bagne, déjouait les filles les plus astucieuses, et faisait fléchir les scélérats. Des circonstances peu communes avaient aiguisé sa perspicacité ; mais pour les dire, besoin est de pénétrer dans sa vie intime : car le juge était en lui le côté social ; un autre homme plus grand et moins connu se trouvait en lui.

Douze ans avant le jour où cette histoire commence, en 1816, par cette terrible disette qui coïncida fatalement avec le séjour des alliés en France, Popinot fut nommé président de la commission extraordinaire instituée pour distribuer des secours aux indigents de son quartier au moment où il projetait d'abandonner la rue du Fouarre, dont l'habitation ne lui déplaisait pas moins qu'à sa femme. Ce grand jurisconsulte, ce profond criminaliste, de qui la supériorité paraissait à ses collègues une aberration, avait depuis cinq ans aperçu les résultats judiciaires sans en voir les causes. En montant dans les greniers, en apercevant les misères, en étudiant les nécessités cruelles qui conduisent graduellement les pauvres à des actions blâmables, en mesurant enfin leurs longues luttes, il fut saisi de compassion. Ce juge devint alors le saint Vincent-de-Paul de ces grands enfants, de ces ouvriers souffrants. Sa transformation ne fut pas tout à coup complète. La bienfaisance a son entraînement comme les vices ont le leur. La charité dévore la bourse d'un saint comme la roulette mange les biens du joueur, graduellement. Popinot alla d'infortune en infortune, d'aumône en aumône ; puis, quand il eut soulevé tous les haillons qui forment à cette misère publique comme un appareil sous lequel s'envenime une plaie fiévreuse, il devint, au bout d'un an, la providence de son quartier. Il fut membre du comité de bienfaisance et du bureau de charité. Partout où des fonctions gratuites étaient à exercer, il acceptait et agissait sans emphase, à la manière de l'homme au petit manteau qui passe sa vie à porter des soupes dans les marchés et dans les endroits où sont les gens affamés. Popinot avait le bonheur d'agir sur une plus vaste circonférence et dans une sphère plus élevée : il veillait à tout, il prévenait le crime, il donnait de l'ouvrage aux ouvriers inoccupés, il faisait placer les impotents, il distribuait ses secours avec discernement sur tous les points menacés, se constituant le conseil de la veuve, le protecteur des enfants sans asile, le commanditaire des petits commerces. Personne au Palais ni dans Paris ne connaissait cette vie secrète de Popinot. Il est des vertus si éclatantes qu'elles comportent l'obscurité : les hommes s'empressent de les mettre sous le boisseau. Quant aux obligés du magistrat, tous, travaillant pendant le jour et fatigués la nuit, étaient peu propres à le prôner ; ils avaient l'ingratitude des enfants, qui ne peuvent jamais s'acquitter parce qu'ils doivent trop. Il y a des ingratitudes forcées ; mais quel cœur a pu semer le bien pour récolter la reconnaissance et se croire grand ? Dès la deuxième année de son apostolat secret, Popinot avait fini par convertir en un parloir le magasin du rez-de-chaussée de sa maison, qui était éclairé par les trois croisées à grilles en fer. Les murs et le plafond de cette grande pièce avaient été blanchis à la chaux, et le mobilier consistait en bancs de bois semblables à ceux des écoles, en une armoire grossière, un bureau de noyer et un fauteuil. Dans l'armoire étaient ses registres de bienfaisance, ses modèles de bons de pain, son journal. Il tenait ses écritures commercialement, afin de ne pas être la dupe de son cœur. Toutes les misères du quartier étaient chiffrées, casées dans un livre où chaque malheur avait son compte, comme chez un marchand les débiteurs divers. Lorsqu'il y avait doute sur une famille, sur un homme à secourir, le magistrat trouvait à ses ordres les renseignements de la police de sûreté. Lavienne, domestique fait pour le maître, était son aide-de-camp. Il dégageait ou renouvelait les reconnaissances du Mont-de-Piété, et courait aux endroits les plus menacés pendant que son maître travaillait au Palais. De quatre à sept heures du matin en été, de six à neuf heures en hiver, cette salle était pleine de femmes, d'enfants, d'indigents, auxquels Popinot donnait audience. Il n'était nullement besoin de poêle en hiver ; la foule abondait si drûment que l'atmosphère devenait chaude ; seulement Lavienne mettait de la paille sur le carreau trop humide. À la longue, les bancs étaient devenus polis comme de l'acajou verni ; puis, à hauteur d'homme, la muraille avait reçu je ne sais quelle sombre peinture appliquée par les haillons et les vêtements délabrés de ces pauvres gens. Ces malheureux aimaient tant Popinot que, quand, avant l'ouverture de sa porte, ils étaient attroupés vers le matin en hiver, les femmes se chauffant avec des gueux, les hommes se brassant pour s'échauffer, jamais un murmure n'avait troublé son sommeil. Les chiffonniers, les gens à état nocturne connaissaient ce logis, et voyaient souvent le cabinet du magistrat éclairé à des heures indues. Enfin les voleurs disaient en passant : Voilà sa maison, et la respectaient. Le matin appartenait aux pauvres, le milieu du jour aux criminels, le soir aux travaux judiciaires.

Le génie d'observation que possédait Popinot était donc nécessairement bifrons : il devinait les vertus de la misère, les bons sentiments froissés, les belles actions en principe, les dévouements inconnus, comme il allait chercher au fond des consciences les plus légers linéaments du crime, les fils les plus ténus des délits, pour en tout discerner. Le patrimoine de Popinot valait mille écus de rente. Sa femme, sœur de monsieur Bianchon le père, médecin à Sancerre, lui en avait apporté deux fois autant. Elle était morte depuis cinq ans, et avait laissé sa fortune à son mari. Comme les appointements de juge-suppléant ne sont pas considérables, et que Popinot n'était juge en pied que depuis quatre ans, il est facile de deviner la cause de sa parcimonie dans tout ce qui concernait sa personne ou sa vie, en voyant combien ses revenus étaient médiocres, combien grande était sa bienfaisance. D'ailleurs l'indifférence en fait de vêtements, qui signalait en Popinot l'homme préoccupé, n'est-elle pas la marque distinctive de la haute science, de l'art cultivé follement, de la pensée perpétuellement active ? Pour achever ce portrait, il suffira d'ajouter que Popinot était du petit nombre des juges du Tribunal de la Seine auxquels la décoration de la Légion-d'Honneur n'avait pas été donnée.

Tel était l'homme que le Président de la deuxième Chambre du Tribunal, à laquelle appartenait Popinot, rentré depuis deux ans parmi les juges civils, avait commis pour procéder à l'interrogatoire du marquis d'Espard, sur la requête présentée par sa femme afin d'obtenir une interdiction.

La rue du Fouarre, où fourmillaient tant de malheureux de si grand matin, devenait déserte à neuf heures et reprenait son aspect sombre et misérable. Bianchon pressa donc le trot de son cheval, afin de surprendre son oncle au milieu de son audience. Il ne pensa pas sans sourire à l'étrange contraste que produirait le juge auprès de madame d'Espard ; mais il se promit de l'amener à faire une toilette qui ne le rendît pas trop ridicule.

– Mon oncle a-t-il seulement un habit neuf ? se disait Bianchon en entrant dans la rue du Fouarre, où les croisées du parloir jetaient une pâle lumière. Je ferai bien, je crois, de m'entendre là-dessus avec Lavienne.

Au bruit du cabriolet, une dizaine de pauvres surpris sortirent de dessous le porche et se découvrirent en reconnaissant le médecin ; car Bianchon, qui traitait gratuitement les malades que lui recommandait le juge, n'était pas moins connu que lui des malheureux assemblés là. Bianchon aperçut son oncle au milieu du parloir, dont les bancs étaient en effet garnis d'indigents qui présentaient les grotesques singularités de costume à l'aspect desquelles s'arrêtent en pleine rue les passants les moins artistes. Certes, un dessinateur, un Rembrandt, s'il en existait un de nos jours, aurait conçu là l'une de ses plus magnifiques compositions en voyant ces misères naïvement posées et silencieuses. Ici la rugueuse figure d'un austère vieillard à barbe blanche, au crâne apostolique, offrait un saint Pierre tout fait. Sa poitrine, découverte en partie, laissait voir des muscles saillants, indice d'un tempérament de bronze qui lui avait servi de point d'appui pour soutenir tout un poème de malheurs. Là une jeune femme donnait à teter à son dernier enfant pour l'empêcher de crier, en en tenant un autre, âgé de cinq ans environ, entre ses genoux. Ce sein dont la blancheur éclatait au milieu des haillons, cet enfant à chairs transparentes, et son frère, dont la pose révélait un avenir de gamin, attendrissaient l'âme par une sorte d'opposition à demi gracieuse avec la longue file de figures rougies par le froid, au milieu de laquelle apparaissait cette famille. Plus loin une vieille femme, pâle et froide, présentait ce masque repoussant du paupérisme en révolte, prêt à venger en un jour de sédition toutes ses peines passées. Il y était aussi l'ouvrier jeune, débile, paresseux, de qui l'œil plein d'intelligence annonçait de hautes facultés comprimées par des besoins vainement combattus, se taisant sur ses souffrances, et près de mourir faute de rencontrer l'occasion de passer entre les barreaux de l'immense vivier où s'agitent ces misères qui s'entre-dévorent. Les femmes étaient en majorité ; leurs maris, partis pour leurs ateliers, leur laissaient sans doute le soin de plaider la cause du ménage avec cet esprit qui caractérise la femme du peuple, presque toujours la reine dans son taudis. Vous eussiez vu sur toutes les têtes des foulards déchirés, des robes bordées de boue, des fichus en lambeaux, des casaquins sales et troués, mais partout des yeux qui brillaient comme autant de flammes vives. Réunion horrible, dont l'aspect inspirait d'abord le dégoût, mais qui bientôt causait une sorte de terreur au moment où l'on apercevait que, purement fortuite, la résignation de ces âmes, aux prises avec tous les besoins de la vie, était une spéculation fondée sur la bienfaisance. Les deux chandelles qui éclairaient le parloir vacillaient dans une espèce de brouillard causé par la puante atmosphère de ce lieu mal aéré.

Le magistrat n'était pas le personnage le moins pittoresque au milieu de cette assemblée. Il avait sur la tête un bonnet de coton roussâtre. Comme il était sans cravate, son cou, rouge de froid et ridé, se dessinait nettement au-dessus du collet pelé de sa vieille robe de chambre. Sa figure fatiguée offrait l'expression à demi stupide que donne la préoccupation. Sa bouche, pareille à celle de tous ceux qui travaillent, s'était ramassée comme une bourse dont on a serré les cordons. Son front contracté semblait supporter le fardeau de toutes les confidences qui lui étaient faites : il sentait, analysait et jugeait. Attentif autant qu'un prêteur à la petite semaine, ses yeux quittaient ses livres et ses renseignements pour pénétrer jusqu'au for intérieur des individus qu'il examinait avec la rapidité de vision par laquelle les avares expriment leurs inquiétudes. Debout derrière son maître, prêt à exécuter ses ordres, Lavienne faisait sans doute la police et accueillait les nouveaux venus en les encourageant contre leur propre honte. Quand le médecin parut, il se fit un mouvement sur les bancs. Lavienne tourna la tête et fut étrangement surpris de voir Bianchon.

– Ah ! te voilà, mon garçon, dit Popinot en se détirant les bras. Qui t'amène à cette heure ?

– Je craignais que vous ne fissiez aujourd'hui, sans m'avoir vu, certaine visite judiciaire au sujet de laquelle je veux vous entretenir.

– Eh ! bien, reprit le juge en s'adressant à une grosse petite femme qui restait debout prés de lui, si vous ne me dites pas ce que vous avez, je ne le devinerai pas, ma fille.

– Dépêchez-vous, lui dit Lavienne, ne prenez pas le temps des autres.

– Monsieur, dit enfin la femme en rougissant et baissant la voix de manière à n'être entendu que de Popinot et de Lavienne, je suis marchande des quatre saisons, et j'ai mon petit dernier pour lequel je dois les mois de nourrice. Donc j'avais caché mon pauvre argent…

– Eh ! bien, votre homme l'a pris ? dit Popinot en devinant le dénoûment de la confession.

– Oui, monsieur.

– Comment vous nommez-vous ?

– La Pomponne.

– Votre mari ?

– Toupinet.

– Rue du Petit-Banquier ? reprit Popinot en feuilletant son registre. Il est en prison, dit-il en lisant une observation en marge de la case où ce ménage était inscrit.

– Pour dettes, mon cher monsieur.

Popinot hocha la tête.

– Mais, monsieur, je n'ai pas de quoi garnir ma brouette, le propriétaire est venu hier et m'a forcée de le payer, sans quoi j'étais à la porte.

Lavienne se pencha vers son maître et lui dit quelques mots à l'oreille.

– Eh ! bien, que vous faut-il pour acheter votre fruit à la Halle ?

– Mais, mon cher monsieur, j'aurais besoin, pour continuer mon commerce, de… oui, j'aurais bien besoin de dix francs.

Le juge fit un signe à Lavienne, qui tira d'un grand sac dix francs et les donna à la femme pendant que le juge inscrivait le prêt sur son registre. À voir le mouvement de joie qui fit tressaillir la marchande, Bianchon devina les anxiétés par lesquelles cette femme avait été sans doute agitée en venant de sa maison chez le juge.

– À vous, dit Lavienne au vieillard à barbe blanche.

Bianchon tira le domestique à part, et s'enquit du temps que prendrait cette audience.

– Monsieur a eu deux cents personnes ce matin, en voici encore quatre-vingts à faire, dit Lavienne ; monsieur le docteur aurait le temps d'aller à ses premières visites.

– Mon garçon, dit le juge en se retournant et saisissant Horace par le bras, tiens, voici deux adresses ici près, l'une rue de Seine, et l'autre rue de l'Arbalète. Cours-y. Rue de Seine, une jeune fille vient de s'asphyxier, et tu trouveras rue de l'Arbalète un homme à faire entrer à ton hôpital. Je t'attendrai pour déjeuner.

Bianchon revint au bout d'une heure. La rue du Fouarre était déserte, le jour commençait à poindre, son oncle remontait chez lui, le dernier pauvre de qui le magistrat venait de panser l'âme s'en allait, le sac de Lavienne était vide.

– Eh ! bien, comment vont-ils ? dit le juge au docteur en montant l'escalier.

– L'homme est mort, répondit Bianchon, la jeune fille s'en tirera.

Depuis que l'œil et la main d'une femme y manquaient, l'appartement où demeurait Popinot avait pris une physionomie en harmonie avec celle du maître. L'incurie de l'homme emporté par une pensée dominante imprimait son cachet bizarre en toutes choses. Partout une poussière invétérée, partout dans les objets ces changements de destination dont l'industrie rappelait celle des ménages de garçon. C'était des papiers dans des vases de fleurs, des bouteilles d'encre vides sur les meubles, des assiettes oubliées, des briquets phosphoriques convertis en bougeoirs au moment où il fallait faire une recherche, des déménagements partiels commencés et oubliés, enfin tous les encombrements et les vides occasionnés par des pensées de rangement abandonnées. Mais le cabinet du magistrat, particulièrement remué par ce désordre incessant, accusait sa marche sans haltes, l'entraînement de l'homme accablé d'affaires, poursuivi par des nécessités qui se croisent. La bibliothèque était comme au pillage, les livres traînaient, les uns empilés le dos dans les pages ouvertes, les autres tombés les feuillets contre terre ; les dossiers de procédure disposés en ligne, le long du corps de la bibliothèque, encombraient le parquet. Ce parquet n'avait pas été frotté depuis deux ans. Les tables et les meubles étaient chargés d'ex voto apportés par la misère reconnaissante. Sur les cornets en verre bleu qui ornaient la cheminée se trouvaient deux globes de verre, à l'intérieur desquels étaient répandues diverses couleurs mêlées, ce qui leur donnait l'apparence d'un curieux produit de la nature. Des bouquets en fleurs artificielles, des tableaux où le chiffre de Popinot était entouré de cœurs et d'immortelles décoraient les murs. Ici des boîtes en ébénisterie prétentieusement faites, et qui ne pouvaient servir à rien. Là, des serre-papiers travaillés dans le goût des ouvrages exécutés au bagne par les forçats. Ces chefs-d'œuvre de patience, ces rébus de gratitude, ces bouquets desséchés donnaient au cabinet et à la chambre du juge l'air d'une boutique de jouets d'enfant. Le bonhomme se faisait des memento de ces ouvrages, il les emplissait de notes, de plumes oubliées et de menus papiers. Ces sublimes témoignages d'une charité divine étaient pleins de poussière, sans fraîcheur. Quelques oiseaux parfaitement empaillés, mais rongés par les mites, se dressaient dans cette forêt de colifichets où dominait un angora, le chat favori de madame Popinot à laquelle un naturaliste sans le sou l'avait restitué sans doute avec toutes les apparences de la vie, payant ainsi par un trésor éternel une légère aumône. Quelque artiste du quartier, de qui le cœur avait égaré les pinceaux, avait également fait les portraits de monsieur et de madame Popinot. Jusque dans l'alcôve de la chambre à coucher se voyaient des pelotes brodées, des paysages en point de marque, et des croix en papier plié dont les fioritures décelaient un travail insensé. Les rideaux de fenêtres étaient noircis par la fumée, et les draperies n'avaient plus aucune couleur. Entre la cheminée et la longue table carrée sur laquelle travaillait le magistrat, la cuisinière avait servi deux tasses de café au lait sur un guéridon. Deux fauteuils d'acajou garnis en étoffe de crin attendaient l'oncle et le neveu. Comme le jour intercepté par les croisées n'arrivait pas jusqu'à cette place, la cuisinière avait laissé deux chandelles dont la mèche démesurément longue formait champignon, et jetait cette lumière rougeâtre qui fait durer la chandelle par la lenteur de la combustion ; découverte due aux avares.

– Cher oncle, vous devriez vous vêtir plus chaudement quand vous descendez à ce parloir.

– Je me fais scrupule de les faire attendre ces pauvres gens ! Eh ! bien, que me veux-tu, toi ?

– Mais, je viens inviter à dîner demain chez la marquise d'Espard.

– Une de nos parentes ? demanda le juge d'un air si naïvement préoccupé que Bianchon se mit à rire.

– Non, mon oncle, la marquise d'Espard est une haute et puissante dame, qui a présenté une requête au tribunal, à l'effet de faire interdire son mari, et vous avez été commis...

– Et tu veux que j'aille dîner chez elle ! Es-tu fou ? dit le juge en saisissant le code de procédure. Tiens, lis donc l'article qui défend au magistrat de boire et de manger chez l'une des parties qu'il doit juger. Qu'elle vienne me voir si elle a quelque chose à me dire, ta marquise. Je devais en effet aller demain interroger son mari, après avoir examiné l'affaire pendant la nuit prochaine. Il se leva, prit un dossier qui se trouvait sous un serre-papier à portée de sa vue, se dit après avoir lu l'intitulé : Voici les pièces. Puisque cette haute et puissante dame t'intéresse, dit-il, voyons la requête !

Popinot croisa sa robe de chambre dont les pans retombaient toujours en laissant sa poitrine à nu ; il trempa ses mouillettes dans son café refroidi, et chercha la requête qu'il lut en se permettant quelques parenthèses et quelques discussions auxquelles son neveu prit part.

« À monsieur le Président du Tribunal civil de Première Instance du département de la Seine, séant au Palais de Justice.

» Madame Jeanne-Clémentine-Athénaïs de Blamont-Chauvry, épouse de monsieur Charles-Maurice-Marie Andoche, comte de Nègrepelisse, marquis d'Espard (Bonne noblesse), propriétaire ; ladite dame d'Espard demeurant rue du Faubourg-Saint-Honoré, no 104, et ledit sieur d'Espard, rue de la Montagne-Sainte-Geneviève, no 22 (Ah ! oui, monsieur le président m'a dit que c'était dans mon quartier !), ayant Me Desroches pour avoué, »

– Desroches ! un petit faiseur d'affaires, un homme mal vu du Tribunal et de ses confrères, qui nuit à ses clients !

– Pauvre garçon ! dit Bianchon, il est malheureusement sans fortune, et il se démène comme un diable dans un bénitier, voilà tout.

» A l'honneur de vous exposer, monsieur le président, que depuis une année les facultés morales et intellectuelles de monsieur d'Espard, son mari, ont subi une altération si profonde, qu'elles constituent aujourd'hui l'état de démence et d'imbécillité prévu par l'article 486 du Code civil, et appellent au secours de sa fortune, de sa personne, et dans l'intérêt de ses enfants qu'il garde près de lui, l'application des dispositions voulues par le même article ;

» Qu'en effet l'état moral de monsieur d'Espard, qui, depuis quelques années, offrait des craintes graves fondées sur le système adopté par lui pour le gouvernement de ses affaires, a parcouru, pendant cette dernière année surtout, une déplorable échelle de dépression ; que la volonté, la première, a ressenti les effets du mal, et que son anéantissement a laissé monsieur le marquis d'Espard livré à tous les dangers d'une incapacité constatée par les faits suivants :

» Depuis long-temps tous les revenus que procurent les biens du marquis d'Espard passent, sans causes plausibles et sans avantages, même temporaires, à une vieille femme de qui la laideur repoussante est généralement remarquée, et nommée madame Jeanrenaud, demeurant tantôt à Paris, rue de La Vrillière, numéro 8 ; tantôt à Villeparisis, près Claye, département de Seine-et-Marne, et au profit de son fils, âgé de trente-six ans, officier de l'ex-garde impériale, que, par son crédit, monsieur le marquis d'Espard a placé dans la garde royale en qualité de chef d'escadron au premier régiment de cuirassiers. Ces personnes, réduites en 1814 à la dernière misère, ont successivement acquis des immeubles d'un prix considérable, entre autres et dernièrement un hôtel Grande rue Verte, où le sieur Jeanrenaud fait actuellement des dépenses considérables afin de s'y établir avec la dame Jeanrenaud sa mère, en vue du mariage qu'il poursuit ; lesquelles dépenses s'élèvent déjà à plus de cent mille francs. Ce mariage est procuré par les démarches du marquis d'Espard auprès de son banquier, le sieur Mongenod, duquel il a demandé la nièce en mariage pour ledit sieur Jeanrenaud, en promettant son crédit pour lui obtenir la dignité de baron. Cette nomination a eu lieu effectivement par ordonnance de Sa Majesté en date du 29 décembre dernier, sur les sollicitations du marquis d'Espard, ainsi qu'il peut en être justifié par Sa Grandeur monseigneur le Garde des Sceaux, si le tribunal jugeait à propos de recourir à son témoignage ;

» Qu'aucune raison, même prise parmi celles que la morale et la loi réprouvent également, ne peut justifier l'empire que la dame veuve Jeanrenaud a pris sur le marquis d'Espard, qui, d'ailleurs, la voit très-rarement ; ni expliquer son étrange affection pour ledit sieur baron Jeanrenaud, avec qui ses communications sont peu fréquentes : cependant leur autorité se trouve être si grande, que chaque fois qu'ils ont besoin d'argent, fût-ce même pour satisfaire de simples fantaisies, cette dame ou son fils... »

– Hé ! hé ! raison que la morale et la loi réprouvent ! Que veut nous insinuer le clerc ou l'avoué ? dit Popinot.

Bianchon se mit à rire.

« ... cette dame ou son fils obtiennent sans aucune discussion du marquis d'Espard ce qu'ils demandent, et, à défaut d'argent comptant, monsieur d'Espard signe des lettres de change négociées par le sieur Mongenod, lequel a fait offre à l'exposante d'en témoigner ;

» Que d'ailleurs, à l'appui de ces faits, il est arrivé récemment, lors du renouvellement des baux de la terre d'Espard, que les fermiers ayant donné une somme assez importante pour la continuation de leurs contrats, le sieur Jeanrenaud s'en est fait faire immédiatement la délivrance ;

» Que la volonté du marquis d'Espard a si peu de concours à l'abandon de ces sommes, que quand il lui en été parlé il n'a point paru s'en souvenir ; que, toutes les fois que des personnes graves l'ont questionné sur son dévouement à ces deux individus, ses réponses ont indiqué une si entière abnégation de ses idées, de ses intérêts, qu'il existe nécessairement en cette affaire une cause occulte sur laquelle l'exposante appelle l'œil de la justice, attendu qu'il est impossible que cette cause ne soit pas criminelle, abusive et tortionnaire, ou d'une nature appréciable par la médecine légale, si toutefois cette obsession n'est pas de celles qui rentrent dans l'abus des forces morales, et qu'on ne peut qualifier qu'en se servant du terme extraordinaire de possession... »

– Diable ! reprit Popinot, que dis-tu de cela, toi, docteur ? Ces faits-là sont bien étranges.

– Ils pourraient être, répondit Bianchon, un effet du pouvoir magnétique.

– Tu crois donc aux bêtises de Mesmer, à son baquet, à la vue au travers des murailles ?

– Oui, mon oncle, dit gravement le docteur. En vous entendant lire cette requête, j'y pensais. Je vous déclare que j'ai vérifié, dans une autre sphère d'action, plusieurs faits analogues, relativement à l'empire sans bornes qu'un homme peut acquérir sur un autre. Je suis, contrairement à l'opinion de mes confrères, entièrement convaincu de la puissance de la volonté, considérée comme une force motrice. J'ai vu, tout compérage et charlatanisme à part, les effets de cette possession. Les actes promis au magnétiseur par le magnétisé pendant le sommeil ont été scrupuleusement accomplis dans l'état de veille. La volonté de l'un était devenue la volonté de l'autre.

– Toute espèce d'acte ?

– Oui.

– Même criminel ?

– Même criminel.

– Il faut que ce soit toi pour que je t'écoute.

– Je vous en rendrai témoin, dit Bianchon.

– Hum ! hum ! fit le juge. En supposant que la cause de cette prétendue possession appartînt à cet ordre de faits, elle serait difficile à constater et à faire admettre en justice.

– Je ne vois pas, si cette dame Jeanrenaud est affreusement laide et vieille, quel autre moyen de séduction elle pourrait avoir, dit Bianchon.

– Mais, reprit le juge, en 1814, époque à laquelle la séduction aurait éclaté, cette femme devait avoir quatorze ans de moins ; si elle a été liée dix ans auparavant avec monsieur d'Espard, ces calculs de date nous reportent à vingt-quatre ans en arrière, époque à laquelle la dame pouvait être jeune, jolie, et avoir conquis, par des moyens fort naturels, pour elle aussi bien que pour son fils, sur monsieur d'Espard, un empire auquel certains hommes ne savent pas se soustraire. Si la cause de cet empire semble répréhensible aux yeux de la justice, il est justifiable aux yeux de la nature. Madame Jeanrenaud aura pu se fâcher du mariage contracté probablement vers ce temps par le marquis d'Espard avec mademoiselle de Blamont-Chauvry ; et il pourrait n'y avoir au fond de ceci qu'une rivalité de femme, puisque le marquis ne demeure plus depuis longtemps avec madame d'Espard.

– Mais cette laideur repoussante, mon oncle ?

– La puissance des séductions, reprit le juge, est en raison directe avec la laideur ; vieille question ! D'ailleurs, et la petite vérole, docteur ? Mais continuons.

« Que dès l'année 1815, pour fournir aux sommes exigées par ces deux personnes, monsieur le marquis d'Espard est allé se loger avec ses deux enfants rue de la Montagne-Sainte-Geneviève, dans un appartement dont le dénûment est indigne de son nom et de sa qualité (On se loge comme on veut !) ; qu'il y détient ses deux enfants, le comte Clément d'Espard, et le vicomte Camille d'Espard, dans les habitudes d'une vie en désaccord avec leur avenir, avec leur nom et leur fortune, que souvent le manque d'argent est tel, que récemment le propriétaire, un sieur Mariast, fit saisir les meubles garnissant les lieux ; que quand cette voie de poursuite fut effectuée en sa présence, le marquis d'Espard a aidé l'huissier, qu'il a traité comme un homme de qualité, en lui prodiguant toutes les marques de courtoisie et d'attention qu'il aurait eues pour une personne élevée au-dessus de lui en dignité… »

L'oncle et le neveu se regardèrent en riant.

« Que, d'ailleurs, tous les actes de sa vie, en dehors des faits allégués à l'égard de la dame veuve Jeanrenaud et du sieur baron Jeanrenaud son fils, sont empreints de folie ; que, depuis bientôt dix ans, il s'occupe si exclusivement de la Chine, de ses coutumes, de ses mœurs, de son histoire, qu'il rapporte tout aux habitudes chinoises ; que, questionné sur ce point, il confond les affaires du temps, les événements de la veille, avec les faits relatifs à la Chine ; qu'il censure les actes du gouvernement et la conduite du Roi, quoique d'ailleurs il l'aime personnellement, en les comparant à la politique chinoise.

« Que cette monomanie a poussé le marquis d'Espard à des actions dénuées de sens ; que, contre les habitudes de son rang et les idées qu'il professait sur le devoir de la noblesse, il a entrepris une affaire commerciale pour laquelle il souscrit journellement des obligations à terme qui menacent aujourd'hui son honneur et sa fortune, attendu qu'elles emportent pour lui la qualité de négociant, et peuvent, faute de payement, le faire déclarer en faillite ; que ces obligations, contractées envers les marchands de papier, les imprimeurs, les lithographes et les coloristes, qui ont fourni les éléments nécessaires à cette publication intitulée : Histoire pittoresque de la Chine, et paraissant par livraisons, sont d'une telle importance, que ces mêmes fournisseurs ont supplié l'exposante de requérir l'interdiction du marquis d'Espard afin de sauver leurs créances… »

– Cet homme est un fou, s'écria Bianchon.

– Tu crois cela, toi ! dit le juge. Il faut l'entendre. Qui n'écoute qu'une cloche n'entend qu'un son.

– Mais il me semble....., dit Bianchon.

– Mais il me semble, dit Popinot, que si quelqu'un de mes parents voulait s'emparer de l'administration de mes biens, et qu'au lieu d'être un simple juge, de qui les collègues peuvent examiner tous les jours l'état moral, je fusse duc et pair, un avoué quelque peu rusé, comme est Desroches, pourrait dresser une requête semblable contre moi.

« Que l'éducation de ses enfants a souffert de cette monomanie, et qu'il leur a fait apprendre, contrairement à tous les usages de l'enseignement, les faits de l'histoire chinoise qui contredisent les doctrines de la religion catholique, et leur a fait apprendre les dialectes chinois… »

– Ici Desroches me parait drôle, dit Bianchon.

– La requête a été dressée par quelque premier clerc qui n'était pas très-Chinois, dit le juge.

« Qu'il laisse souvent ses enfants dénués des choses les plus nécessaires ; que l'exposante, malgré ses instances, ne peut les voir ; que le sieur marquis d'Espard les lui amène une seule fois par an ; que, sachant les privations auxquelles ils sont soumis, elle a fait de vains efforts pour leur donner les choses les plus nécessaires à l'existence, et desquelles ils manquaient… »

– Oh ! madame la marquise, voici des farces. Qui prouve trop ne prouve rien. Mon cher enfant, dit le juge en laissant le dossier sur ses genoux, quelle est la mère qui jamais a manqué de cœur, d'esprit, d'entrailles, au point de rester au-dessous des inspirations suggérées par l'instinct animal ? Une mère est aussi rusée pour arriver à ses enfants qu'une jeune fille peut l'être pour conduire à bien une intrigue d'amour. Si ta marquise avait voulu nourrir ou vêtir ses enfants, le diable ne l'en aurait, certes, pas empêchée ! hein ? Elle est un peu trop longue, cette couleuvre, pour un vieux juge ! Continuons ?

« Que l'âge auquel arrivent lesdits enfants exige, dès à présent, qu'il soit pris des précautions pour les soustraire à la funeste influence de cette éducation, qu'il y soit pourvu selon leur rang, et qu'ils n'aient point sous les yeux l'exemple que leur donne la conduite de leur père ;

» Qu'à l'appui des faits présentement allégués, il existe des preuves dont le tribunal obtiendra facilement la répétition : maintes fois monsieur d'Espard a nommé le juge de paix du douzième arrondissement un mandarin de troisième classe ; il a souvent appelé les professeurs du collège Henri IV des lettrés (Ils s'en fâchent !). À propos des choses les plus simples, il a dit que cela ne se passait pas ainsi en Chine ; il fait, dans le cours d'une conversation ordinaire, allusion soit à la dame Jeanrenaud, soit à des événements arrivés sous le règne de Louis XIV, et demeure alors plongé dans une mélancolie noire : il s'imagine parfois être en Chine. Plusieurs de ses voisins, notamment les sieurs Edme Becker, étudiant en médecine, Jean-Baptiste Frémiot, professeur, domiciliés dans la même maison, pensent, après avoir pratiqué le marquis d'Espard, que sa monomanie, en tout ce qui est relatif à la Chine, est une conséquence d'un plan formé par le sieur baron Jeanrenaud et la dame veuve sa mère pour achever l'anéantissement des facultés morales du marquis d'Espard, attendu que le seul service que paraît rendre à monsieur d'Espard la dame Jeanrenaud est de lui procurer tout ce qui a rapport à l'empire de la Chine ;

» Qu'enfin l'exposante offre de prouver au Tribunal que les sommes absorbées par les sieur et dame veuve Jeanrenaud, de 1814 à 1828, ne s'élèvent pas à moins d'un million de francs.

» À la confirmation des faits qui précèdent, l'exposante offre à monsieur le Président le témoignage des personnes qui voient habituellement monsieur le marquis d'Espard, et dont les noms et qualités sont désignés ci-dessous, parmi lesquelles beaucoup l'ont suppliée de provoquer l'interdiction de monsieur le marquis d'Espard, comme le seul moyen de mettre sa fortune à l'abri de sa déplorable administration, et ses enfants loin de sa funeste influence.

« Ce considéré, monsieur le Président, et vu les pièces ci-jointes, l'exposante requiert qu'il vous plaise, attendu que les faits qui précèdent prouvent évidemment l'état de démence et d'imbécillité de monsieur le marquis d'Espard, ci-dessus nommé, qualifié et domicilié, ordonner que, pour parvenir à l'interdiction d'icelui, la présente requête et les pièces à l'appui seront communiquées à monsieur le procureur du Roi, et commettre l'un de messieurs les juges du tribunal à l'effet de faire le rapport au jour que vous voudrez bien indiquer, pour être sur le tout par le Tribunal statué ce qu'il appartiendra, et vous ferez justice, » etc.

– Et voici, dit Popinot, l'ordonnance du Président qui me commet ! Eh ! bien, que veut de moi la marquise d'Espard ? Je sais tout. J'irai demain avec mon greffier chez monsieur le marquis, car ceci ne me paraît pas clair du tout.

– Écoutez, mon cher oncle, je ne vous ai jamais demandé le moindre petit service qui eût trait à vos fonctions judiciaires ; eh ! bien, je vous prie d'avoir pour madame d'Espard une complaisance que mérite sa situation. Si elle venait ici, vous l'écouteriez ?

– Oui.

– Eh ! bien, allez l'entendre chez elle : madame d'Espard est une femme maladive, nerveuse, délicate, qui se trouverait mal dans votre nid à rats. Allez-y le soir, au lieu d'y accepter à dîner, puisque la loi vous défend de boire et de manger chez vos justiciables.

– La loi ne vous défend-elle pas de recevoir des legs de vos morts ? dit Popinot croyant apercevoir une teinte d'ironie sur les lèvres de son neveu.

– Allons, mon oncle, quand ce ne serait que pour deviner le vrai de cette affaire, accordez-moi ma demande ? Vous viendrez là comme juge d'instruction, puisque les choses ne vous semblent pas claires. Diantre ! l'interrogatoire de la marquise n'est pas moins nécessaire que celui de son mari.

– Tu as raison, dit le magistrat, elle pourrait bien être la folle. J'irai.

– Je viendrai vous prendre ; écrivez sur votre agenda : Demain soir à neuf heures chez madame d'Espard. Bien, dit Bianchon en voyant son oncle notant le rendez-vous.

Le lendemain soir, à neuf heures, le docteur Bianchon monta le poudreux escalier de son oncle, et le trouva travaillant à la rédaction de quelque jugement épineux. L'habit demandé par Lavienne n'avait pas été apporté par le tailleur, en sorte que Popinot prit son vieil habit plein de taches et fut le Popinot incomptus dont l'aspect excitait le rire sur les lèvres de ceux auxquels sa vie intime était inconnue. Bianchon obtint cependant de mettre en ordre la cravate de son oncle et de lui boutonner son habit, il en cacha les taches en croisant les revers des basques de droite à gauche et présentant ainsi la partie encore neuve du drap. Mais en quelques instants le juge retroussa son habit sur sa poitrine par la manière dont il mit ses mains dans ses goussets en obéissant à son habitude. L'habit, démesurément plissé par-devant et par derrière, forma comme une bosse au milieu du dos, et produisit entre le gilet et le pantalon une solution de continuité par laquelle se montra la chemise. Pour son malheur, Bianchon ne s'aperçut de ce surcroît de ridicule qu'au moment où son oncle se présenta chez la marquise.

Une légère esquisse de la vie de la personne chez laquelle se rendaient en ce moment le docteur et le juge est ici nécessaire pour rendre intelligible la conférence que Popinot allait avoir avec elle.

Madame d'Espard était, depuis sept ans, très à la mode à Paris, où la Mode élève et abaisse tour à tour des personnages qui, tantôt grands, tantôt petits, c'est-à-dire tour à tour en vue et oubliés, deviennent plus tard des personnes insupportables comme le sont tous les ministres disgraciés et toutes les majestés déchues. Incommodes par leurs prétentions fanées, ces flatteurs du passé savent tout, médisent de tout, et, comme les dissipateurs ruinés, sont les amis de tout le monde. Pour avoir été quittée par son mari vers l'année 1815, madame d'Espard devait s'être mariée au commencement de l'année 1812 ; ses enfants avaient donc nécessairement, l'un quinze et l'autre treize ans. Par quel hasard une mère de famille, âgée d'environ trente-trois ans, était-elle à la mode ? Quoique la Mode soit capricieuse et que nul ne puisse à l'avance désigner ses favoris, que souvent elle exalte la femme d'un banquier ou quelque personne d'une élégance et de beauté douteuses, il doit sembler surnaturel que la Mode eût pris des allures constitutionnelles en adoptant la présidence d'âge. Ici la Mode avait fait comme tout le monde, elle acceptait madame d'Espard pour une jeune femme. La marquise avait trente-trois ans sur les registres de l'état civil, et vingt-deux ans le soir dans un salon. Mais combien de soins et d'artifices ! Des boucles artificieuses lui cachaient les tempes. Elle se condamnait chez elle au demi-jour en faisant la malade afin de rester dans les teintes protectrices d'une lumière passée à la mousseline. Comme Diane de Poitiers, elle pratiquait l'eau froide pour ses bains ; comme elle encore, la marquise couchait sur le crin, dormait sur des oreillers de maroquin pour conserver sa chevelure, mangeait peu, ne buvait que de l'eau, combinait ses mouvements afin d'éviter la fatigue, et mettait une exactitude monastique dans les moindres actes de sa vie. Ce rude système a, dit-on, été poussé jusqu'à l'emploi de la glace au lieu d'eau et jusqu'aux aliments froids par une illustre Polonaise qui, de nos jours, allie une vie déjà séculaire aux occupations, aux mœurs de la petite-maîtresse. Destinée à vivre autant que vécut Marion de Lorme, à laquelle des biographes accordent cent trente ans, l'ancienne Vice-Reine de la Pologne montre, à près de cent ans, un esprit et un cœur jeunes, une gracieuse figure, une taille charmante ; elle peut dans sa conversation où les mots pétillent comme les sarments au feu comparer les hommes et les livres de la littérature actuelle, aux hommes et aux livres du dix-huitième siècle. De Varsovie, elle commande ses bonnets chez Herbault. Grande dame, elle a le dévouement d'une petite fille ; elle nage, elle court comme un lycéen, et sait se jeter sur une causeuse aussi gracieusement qu'une jeune coquette ; elle insulte la mort et se rit de la vie. Elle étonna jadis l'empereur Alexandre, et peut aujourd'hui surprendre l'empereur Nicolas par la magnificence de ses fêtes. Elle fait encore verser des larmes à quelque jeune homme épris, car elle a l'âge qu'il lui plaît d'avoir. Enfin, elle est un véritable conte de fée, si toutefois elle n'est pas la fée du conte. Madame d'Espard avait-elle connu madame Zayoncsek ? voulait-elle la recommencer ? Quoi qu'il en soit, la marquise prouvait la bonté de ce régime, son teint était pur, son front n'avait point de rides, son corps gardait, comme celui de la bien-aimée de Henri II, la souplesse, la fraîcheur, attraits cachés qui ramènent et fixent l'amour auprès d'une femme. Les précautions si simples de ce régime indiqué par l'art, par la nature, peut-être aussi par l'expérience, trouvaient d'ailleurs en elle un système général qui les corroborait. La marquise était douée d'une profonde indifférence pour tout ce qui n'était pas elle ; les hommes l'amusaient, mais aucun d'eux ne lui avait causé ces grandes excitations qui remuent profondément les deux natures et brisent l'une par l'autre. Elle n'avait ni haine ni amour. Offensée, elle se vengeait froidement et tranquillement, à son aise, en attendant l'occasion de satisfaire la mauvaise pensée qu'elle conservait sur quiconque s'était mal posé dans son souvenir. Elle ne se remuait pas, ne s'agitait point ; elle parlait, car elle savait qu'en disant deux mots une femme peut faire tuer trois hommes. Elle s'était vue quittée par monsieur d'Espard avec un singulier plaisir : n'emmenait-il pas deux enfants qui, pour le moment, l'ennuyaient, et qui, plus tard, pouvaient nuire à ses prétentions ? Ses amis les plus intimes, comme ses adorateurs les moins persévérants, ne lui voyant aucun de ces bijoux à la Cornélie qui vont et viennent en avouant sans le savoir l'âge d'une mère, tous la prenaient pour une jeune femme. Les deux enfants, de qui la marquise paraissait tant s'inquiéter dans sa requête, étaient aussi bien que leur père inconnus du monde comme le passage nord-est est inconnu des marins. Monsieur d'Espard passait pour un original qui avait abandonné sa femme sans avoir contre elle le plus petit sujet de plainte. Maîtresse d'elle-même à vingt-deux ans, et maîtresse de sa fortune, qui consistait en vingt-six mille livres de rente, la marquise hésita longtemps avant de prendre un parti, et de décider son existence. Quoiqu'elle profitât des dépenses que son mari avait faites dans son hôtel, qu'elle gardât les ameublements, les équipages, les chevaux, enfin toute une maison montée, elle mena d'abord une vie retirée pendant les années 16, 17 et 18, époque à laquelle les familles se remettaient des désastres occasionnés par les tourmentes politiques. Appartenant d'ailleurs à l'une des maisons les plus considérables et les plus illustres du faubourg Saint-Germain, ses parents lui conseillèrent de vivre en famille, après la séparation forcée à laquelle la condamnait l'inexplicable caprice de son mari. En 1820, la marquise sortit de sa léthargie, parut à la cour, dans les fêtes et reçut chez elle. De 1821 à 1827, elle tint un grand état de maison, se fit remarquer par son goût et par sa toilette ; elle eut son jour, ses heures de réception ; puis elle s'assit bientôt sur le trône où précédemment avaient brillé madame la vicomtesse de Beauséant, la duchesse de Langeais, madame Firmiani, laquelle, après son mariage avec monsieur de Camps, avait résigné le sceptre aux mains de la duchesse de Maufrigneuse, à qui madame d'Espard l'arracha. Le monde ne savait rien de plus sur la vie intime de la marquise d'Espard. Elle paraissait devoir demeurer long-temps à l'horizon parisien, comme un soleil près de se coucher, mais qui ne se coucherait jamais. La marquise s'était étroitement liée avec une duchesse non moins célèbre par sa beauté que par son dévouement à la personne d'un prince alors en disgrâce, mais habitué à toujours entrer en dominateur dans les gouvernements à venir. Madame d'Espard était également l'amie d'une étrangère près de laquelle un illustre et rusé diplomate russe analysait les affaires publiques. Enfin une vieille comtesse accoutumée à battre les cartes du grand jeu politique l'avait maternellement adoptée. Pour tout homme à haute vue, madame d'Espard se préparait ainsi à faire succéder une sourde, mais réelle influence, au règne public et frivole qu'elle devait à la mode. Son salon prenait une consistance politique. Ces mots : Qu'en dit-on chez madame d'Espard ? Le salon de madame d'Espard est contre telle mesure, commençaient à se répéter par un assez grand nombre de sots pour donner à son troupeau de fidèles l'autorité d'une coterie. Quelques blessés politiques, pansés, chatouillés par elle, tels que le favori de Louis XVIII, qui ne pouvait plus se faire prendre en considération, et d'anciens ministres près de revenir au pouvoir, la disaient aussi forte en diplomatie que l'était à Londres la femme de l'ambassadeur russe. La marquise avait plusieurs fois donné, soit à des députés, soit à des pairs, des mots et des idées qui de la tribune avaient retenti en Europe. Elle avait souvent bien jugé de quelques événements sur lesquels ses habitués n'osaient émettre un avis. Les principaux personnages de la cour venaient jouer au whist chez elle le soir. Elle avait d'ailleurs les qualités de ses défauts. Elle passait pour être discrète et l'était. Son amitié paraissait être à toute épreuve. Elle servait ses protégés avec une persistance qui prouvait qu'elle tenait moins à se faire des créatures qu'à augmenter son crédit. Cette conduite était inspirée par sa passion dominante, la vanité. Les conquêtes et les plaisirs auxquels tiennent tant de femmes, lui semblaient à elle des moyens : elle voulait vivre sur tous les points du plus grand cercle que puisse décrire la vie. Parmi les hommes encore jeunes auxquels l'avenir appartenait et qui se pressaient dans ses salons aux grands jours, se remarquaient messieurs de Marsay, de Ronquerolles, de Montriveau, de La Roche-Hugon, de Sérizy, Ferraud, Maxime de Trailles, de Listomère, les deux Vandenesse, du Châtelet, etc. Souvent elle admettait un homme sans vouloir recevoir sa femme, et son pouvoir était assez fort déjà pour imposer ces dures conditions à certaines personnes ambitieuses telles que deux célèbres banquiers royalistes, messieurs de Nucingen et Ferdinand du Tillet. Elle avait si bien étudié le fort et le faible de la vie parisienne, qu'elle s'était toujours conduite de façon à ne laisser à aucun homme le moindre avantage sur elle. On aurait pu promettre une somme énorme d'un billet ou d'une lettre où elle se serait compromise, sans en pouvoir trouver un seul. Si la sécheresse de son âme lui permettait de jouer son rôle au naturel, son extérieur ne la servait pas moins bien. Elle avait une taille jeune. Sa voix était à commandement souple et fraîche, claire, dure. Elle possédait éminemment les secrets de cette attitude aristocratique par laquelle une femme efface le passé. La marquise connaissait bien l'art de mettre un espace immense entre elle et l'homme qui se croit des droits à la familiarité après un bonheur de hasard. Son regard imposant savait tout nier. Dans sa conversation, les grands et beaux sentiments, les nobles déterminations paraissaient découler naturellement d'une âme et d'un cœur pur ; mais elle était en réalité tout calcul, et bien capable de flétrir un homme maladroit dans ses transactions, au moment où elle transigerait sans honte au profit de ses intérêts personnels. En essayant de s'attacher à cette femme, Rastignac avait bien deviné le plus habile des instruments : mais il ne s'en était pas encore servi ; loin de pouvoir le manier, il se faisait déjà broyer par lui. Ce jeune condottiere de l'intelligence, condamné, comme Napoléon, à toujours livrer bataille en sachant qu'une seule défaite était le tombeau de sa fortune, avait rencontré dans sa protectrice un dangereux adversaire. Pour la première fois de sa vie turbulente, il faisait une partie sérieuse avec un partner digne de lui. Dans la conquête de madame d'Espard il apercevait un ministère. Aussi la servait-il avant de s'en servir : dangereux début.

L'hôtel d'Espard exigeait un nombreux domestique, le train de la marquise était considérable. Les grandes réceptions avaient lieu au rez-de-chaussée, mais la marquise habitait le premier étage de sa maison. La tenue d'un grand escalier magnifiquement orné, des appartements décorés dans le goût noble qui jadis respirait à Versailles, annonçaient une immense fortune. Quand le juge vit la porte cochère s'ouvrant devant le cabriolet de son neveu, il examina par un rapide coup d'œil la loge, le suisse, la cour, les écuries, les dispositions de cette demeure, les fleurs qui garnissaient l'escalier, l'exquise propreté des rampes, des murs, des tapis, et compta les valets en livrée qui, au coup de cloche, arrivèrent sur le palier. Ses yeux, qui, la veille, sondaient au fond de son parloir la grandeur des misères sous les vêtements boueux du peuple, étudièrent avec la même lucidité de vision l'ameublement et le décor des pièces par lesquelles il passa, pour y découvrir les misères de la grandeur.

– Monsieur Popinot. – Monsieur Bianchon.

Ces deux noms furent dits à l'entrée du boudoir où se trouvait la marquise, jolie pièce récemment remeublée et qui donnait sur le jardin de l'hôtel. En ce moment, madame d'Espard était assise dans un de ces anciens fauteuils rococo que Madame avait mis à la mode. Rastignac occupait près d'elle, à sa gauche, une chauffeuse dans laquelle quelle il s'était établi comme le primo d'une dame italienne. Debout, à l'angle de la cheminée, se tenait un troisième personnage. Ainsi que le savant docteur l'avait deviné, la marquise était une femme d'un tempérament sec et nerveux : sans son régime, son teint eût pris la couleur rougeâtre que donne un constant échauffement ; mais elle ajoutait encore à sa blancheur factice par les nuances et les tons vigoureux des étoffes dont elle s'entourait ou avec lesquelles elle s'habillait. Le brun-rouge, le marron, le bistre à reflets d'or, lui allaient à merveille. Son boudoir, copié sur celui d'une célèbre lady alors à la mode à Londres, était en velours couleur de tan ; mais elle y avait ajouté de nombreux agréments dont les jolis dessins atténuaient la pompe excessive de cette royale couleur. Elle était coiffée comme une jeune personne, en bandeaux terminés par des boucles qui faisaient ressortir l'ovale un peu long de sa figure ; mais autant la forme ronde est ignoble, autant la forme oblongue est majestueuse. Les doubles miroirs à facettes qui allongent ou aplatissent à volonté les figures donnent une preuve évidente de cette règle applicable à la physiognomonie. En apercevant Popinot qui s'arrêta sur la porte comme un animal effrayé, tendant le cou, la main gauche dans son gousset, la droite armée d'un chapeau dont la coiffe était crasseuse, la marquise jeta sur Rastignac un regard dans lequel la moquerie était en germe. L'aspect un peu niais du bonhomme s'accordait si bien avec sa grotesque tournure, avec son air effaré, qu'en voyant la figure contristée de Bianchon, qui se sentait humilié dans son oncle, Rastignac ne put s'empêcher de rire en détournant la tête. La marquise salua par un geste de tête, et fit un pénible effort pour se soulever dans son fauteuil où elle retomba non sans grâce, en paraissant s'excuser de son impolitesse sur une débilité jouée.

En ce moment, le personnage qui se trouvait debout entre la cheminée et la porte salua légèrement, avança deux chaises en les présentant par un geste au docteur et au juge ; puis, quand il les vit assis, il se remit le dos contre la tenture, et se croisa les bras. Un mot sur cet homme. Il est de nos jours un peintre, Decamps, qui possède au plus haut degré l'art d'intéresser à ce qu'il représente à vos regards, que ce soit une pierre ou un homme.

Sous ce rapport, son crayon est plus savant que son pinceau. Qu'il dessine une chambre nue et qu'il y laisse un balai sur la muraille ; s'il le veut, vous frémirez : vous croirez que ce balai vient d'être l'instrument d'un crime et qu'il est trempé de sang ; ce sera le balai dont s'est servie la veuve Bancal pour nettoyer la salle où Fualdès fut égorgé. Oui, le peintre ébouriffera le balai comme l'est un homme en colère, il en hérissera les brins comme si c'était vos cheveux frémissants ; il en fera comme un truchement entre la poésie secrète de son imagination et la poésie qui se déploiera dans la vôtre. Après vous avoir effrayé par la vue de ce balai, demain il en dessinera quelque autre auprès duquel un chat endormi, mais mystérieux dans son sommeil, vous affirmera que ce balai sert à la femme d'un cordonnier allemand pour se rendre au Broken. Ou bien ce sera quelque balai pacifique auquel il suspendra l'habit d'un employé au Trésor. Decamps a dans son pinceau ce que Paganini avait dans son archet, une puissance magnétiquement communicative. Eh ! bien, il faudrait transporter dans le style ce génie saisissant, ce chique du crayon pour peindre l'homme droit, maigre et grand, vêtu de noir, à longs cheveux noirs, qui resta debout sans mot dire. Ce seigneur avait une figure à lame de couteau, froide, âpre, dont le teint ressemblait aux eaux de la Seine quand elle est trouble et qu'elle charrie les charbons de quelque bateau coulé. Il regardait à terre, écoutait et jugeait. Sa pose effrayait. Il était là, comme le célèbre balai auquel Decamps a donné le pouvoir accusateur de révéler un crime. Parfois, la marquise essaya durant la conférence d'obtenir un avis tacite en arrêtant pendant un instant ses yeux sur ce personnage ; mais quelque vive que fût la muette interrogation, il demeura grave et roide, autant que la statue du Commandeur.

Le bon Popinot, assis au bord de sa chaise, en face du feu, son chapeau entre les jambes, regardait les candélabres dorés en or moulu, la pendule, les curiosités entassées sur la cheminée, l'étoffe et les agréments de la tenture, enfin tous ces jolis riens si coûteux dont s'entoure une femme à la mode. Il fut tiré de sa contemplation bourgeoise par madame d'Espard qui lui disait d'une voix flûtée : – Monsieur, je vous dois un million de remercîments…

– Un million de remercîments, se dit le bonhomme en lui-même, c'est trop, il n'y en a pas un.

– ….. Pour la peine que vous daignez…

– Daignez ! pensa-t-il, elle se moque de moi.

– ……. Daignez prendre en venant voir une pauvre plaideuse, trop malade pour pouvoir sortir…

Ici le juge coupa la parole à la marquise en lui jetant un regard d'inquisiteur par lequel il examina l'état sanitaire de la pauvre plaideuse. – Elle se porte comme un charme ! se dit-il.

– Madame, répondit-il en prenant un air respectueux, vous ne me devez rien. Quoique ma démarche ne soit pas dans les habitudes du Tribunal, nous ne devons rien épargner pour arriver à la découverte de la vérité dans ces sortes d'affaires. Nos jugements sont alors déterminés moins par le texte de la loi, que par les inspirations de notre conscience. Que je cherche la vérité dans mon cabinet ou ici, pourvu que je la trouve, tout sera bien.

Pendant que Popinot parlait, Rastignac serrait la main à Bianchon, et la marquise faisait au docteur une petite inclination de tête pleine de gracieuses faveurs.

– Quel est ce monsieur ? dit Bianchon à l'oreille de Rastignac en lui montrant l'homme noir.

– Le chevalier d'Espard, le frère du marquis.

– Monsieur votre neveu m'a dit, répondit la marquise à Popinot, combien vous aviez d'occupations, et je sais déjà que vous êtes assez bon pour vouloir cacher un bienfait, afin de dispenser vos obligés de la reconnaissance. Il paraît que ce tribunal vous fatigue extrêmement. Pourquoi ne double-t-on pas le nombre des juges ?

— Ah ! madame, ça n'est pas l'embarras, dit Popinot, ça n'en serait pas plus mal. Mais quand ça se fera, les poules auront des dents.

En entendant cette phrase, qui allait si bien à la physionomie du juge, le chevalier d'Espard le toisa d'un coup d'œil, et eut l'air de se dire : Nous en aurons facilement raison.

La marquise regarda Rastignac, qui se pencha vers elle.

— Voilà, lui dit-il, comment sont faits les gens chargés de prononcer sur les intérêts et sur la vie des particuliers.

Comme la plupart des hommes vieillis dans un métier, Popinot se laissait volontiers aller aux habitudes qu'il y avait contractées, habitudes de pensée d'ailleurs. Sa conversation sentait le juge d'Instruction. Il aimait à questionner ses interlocuteurs, à les presser entre des conséquences inattendues, à leur faire dire plus qu'ils ne voulaient en faire savoir. Pozzo di Borgo s'amusait, dit-on, à surprendre les secrets de ses interlocuteurs, à les embarrasser dans ses pièges diplomatiques : il déployait ainsi, par une invincible accoutumance, son esprit trempé de ruse. Aussitôt que Popinot eut, pour ainsi dire, toisé le terrain sur lequel il se trouvait, il jugea qu'il était nécessaire d'avoir recours aux finesses les plus habiles, les mieux déguisées et les mieux entortillées, en usage au Palais pour surprendre la vérité.

Bianchon demeurait froid et sévère comme un homme qui se décide à subir un supplice en taisant ses douleurs ; mais, intérieurement, il souhaitait à son oncle le pouvoir de marcher sur cette femme comme on marche sur une vipère : comparaison que lui inspirèrent la longue robe, la courbe de la pose, le col allongé, la petite tête et les mouvements onduleux de la marquise.

– Eh ! bien, monsieur, reprit madame d'Espard, quelle que soit ma répugnance à faire de l'égoïsme, je souffre depuis trop longtemps pour ne pas souhaiter que vous la finissiez promptement. Aurai-je bientôt une solution heureuse ?

– Madame, je ferai tout ce qui dépendra de moi pour la terminer, dit Popinot d'un air plein de bonhomie. Ignorez-vous la cause qui a nécessité la séparation existant entre vous et le marquis d'Espard ? demanda le juge en regardant la marquise.

– Oui, monsieur, répondit-elle en se posant pour débiter un récit préparé. Au commencement de l'année 1816, monsieur d'Espard, qui, depuis trois mois, avait tout à fait changé d'humeur, me proposa d'aller vivre auprès de Briançon, dans une de ses terres, sans avoir égard à ma santé, que ce climat aurait ruinée, sans tenir compte de mes habitudes ; je refusai de le suivre. Mon refus lui inspira des reproches si mal fondés, que, dès ce moment, j'eus des soupçons sur la rectitude de son esprit. Le lendemain il me quitta, me laissant son hôtel, la libre disposition de mes revenus, et alla se loger rue de la Montagne-Sainte-Geneviève, en emmenant mes deux enfants.

– Permettez, madame, dit le juge en interrompant, quels étaient ces revenus ?

– Vingt-six mille livres de rente, répondit-elle en parenthèse. Je consultai sur-le-champ le vieux monsieur Bordin pour savoir ce que j'avais à faire, reprit-elle ; mais il paraît que les difficultés sont telles pour ôter à un père le gouvernement de ses enfants, que j'ai dû me résigner à demeurer seule à vingt-deux ans, âge auquel beaucoup de jeunes femmes peuvent faire des sottises. Vous avez sans doute lu ma requête, monsieur ; vous connaissez les principaux faits sur lesquels je me fonde pour demander l'interdiction de monsieur d'Espard ?

– Avez-vous fait, madame, demanda le juge, des démarches auprès de lui pour obtenir vos enfants ?

Oui, monsieur ; mais elles ont été toutes inutiles. Il est bien cruel pour une mère d'être privée de l'affection de ses enfants, surtout quand ils peuvent donner des jouissances auxquelles tiennent toutes les femmes.

– L'aîné doit avoir seize ans, dit le juge.

– Quinze ! répondit vivement la marquise.

Ici Bianchon regarda Rastignac. Madame d'Espard se mordit les lèvres.

– En quoi l'âge de mes enfants vous importe-t-il ?

– Ha ! madame, dit le juge sans avoir l'air de faire attention à la portée de ses paroles, un jeune garçon de quinze ans et son frère, âgé sans doute de treize ans, ont des jambes et de l'esprit, ils pourraient venir vous voir en cachette ; s'ils ne viennent pas, ils obéissent à leur père et pour lui obéir en ce point il faut l'aimer beaucoup.

– Je ne vous comprends pas, dit la marquise.

– Vous ignorez peut-être, répondit Popinot, que votre avoué prétend dans votre requête que vos chers enfants sont très-malheureux près de leur père…

Madame d'Espard dit avec une charmante innocence : – Je ne sais pas ce que l'avoué m'a fait dire.

– Pardonnez-moi ces inductions, mais la justice pèse tout, reprit Popinot. Ce que je vous demande, madame, est inspiré par le désir de bien connaître l'affaire. Selon vous, monsieur d'Espard vous aurait quittée sur le prétexte le plus frivole. Au lieu d'aller à Briançon, où il voulait vous emmener, il est resté à Paris. Ce point n'est pas clair. Connaissait-il cette dame Jeanrenaud avant son mariage ?

– Non, monsieur, répondit la marquise avec une sorte de déplaisir visible seulement pour Rastignac et pour le chevalier d'Espard.

Elle se trouvait blessée d'être mise sur la sellette par ce juge, quand elle se proposait d'en pervertir le jugement ; mais, comme l'attitude de Popinot restait niaise à force de préoccupation, elle finit par attribuer ses questions au génie interrogant du bailli de Voltaire.

– Mes parents, dit-elle en continuant, m'ont mariée à l'âge de seize ans avec monsieur d'Espard, de qui le nom, la fortune, les habitudes répondaient à ce que ma famille exigeait de l'homme qui devait être mon mari. Monsieur d'Espard avait alors vingt-six ans, il était gentilhomme dans l'acception anglaise de ce mot ; ses manières me plurent, il paraissait avoir beaucoup d'ambition, et j'aime les ambitieux, dit-elle en regardant Rastignac. Si monsieur d'Espard n'avait pas rencontré cette dame Jeanrenaud, ses qualités, son savoir, ses connaissances l'auraient porté, selon le jugement de ses amis d'alors, au gouvernement des affaires ; le roi Charles X, alors Monsieur, le tenait haut dans son estime, et la pairie, une charge à la cour, une place élevée l'attendaient. Cette femme lui a tourné la tête et a détruit l'avenir de toute une famille.

– Quelles étaient alors les opinions religieuses de monsieur d'Espard ?

– Il était, dit-elle, il est encore d'une haute piété.

– Vous ne pensez pas que madame Jeanrenaud ait agi sur lui au moyen du mysticisme ?

– Non, monsieur.

– Vous avez un bel hôtel, madame, dit brusquement Popinot en retirant ses mains de ses goussets, et se levant pour écarter les basques de son habit et se chauffer. Ce boudoir est fort bien, voilà des chaises magnifiques, vos appartements sont bien somptueux ; vous devez gémir en effet, en vous trouvant ici, de savoir vos enfants mal logés, mal vêtus et mal nourris. Pour une mère, je n'imagine rien de plus affreux !

– Oui, monsieur. Je voudrais tant procurer quelques plaisirs à ces pauvres petits que leur père fait travailler du matin au soir à ce déplorable ouvrage sur la Chine !

– Vous donnez de beaux bals, ils s'y amuseraient, mais ils y prendraient peut-être le goût de la dissipation ; cependant leur père pourrait bien vous les envoyer une ou deux fois par hiver.

– Il me les amène au jour de l'an et le jour de ma naissance. Ces jours-là, monsieur d'Espard me fait la grâce de dîner avec eux chez moi.

– Cette conduite est bien singulière, dit Popinot en prenant l'air d'un homme convaincu. Avez-vous vu cette dame Jeanrenaud ?

– Un jour, mon beau-frère, qui, par intérêt pour son frère…

– Ah ! monsieur, dit le juge en interrompant la marquise, est le frère de monsieur d'Espard ?

Le chevalier s'inclina sans dire une parole.

– Monsieur d'Espard, qui a suivi cette affaire, m'a menée à l'Oratoire où cette femme va au prêche, car elle est protestante. Je l'ai vue, elle n'a rien d'attrayant, elle ressemble à une bouchère ; elle est extrêmement grasse, horriblement marquée de la petite vérole ; elle a les mains et les pieds d'un homme, elle louche, enfin c'est un monstre.

– Inconcevable ! dit le juge en paraissant le plus niais de tous les juges du royaume. Et cette créature demeure ici près, rue Verte, dans un hôtel ! Il n'y a donc plus de bourgeois !

– Un hôtel où son fils a fait des dépenses folles.

– Madame, dit le juge, j'habite le faubourg Saint-Marceau, je ne connais pas ces sortes de dépenses : qu'appelez-vous des dépenses folles ?

– Mais, dit la marquise, une écurie, cinq chevaux, trois voitures, une calèche, un coupé, un cabriolet.

– Cela coûte donc gros ? dit Popinot étonné.

– Énormément, dit Rastignac en l'interrompant. Un train pareil demande pour l'écurie, pour l'entretien des voitures et l'habillement des gens, entre quinze et seize mille francs.

– Croyez-vous, madame ? demanda le juge d'un air surpris.

– Oui, au moins, répondit la marquise.

– Et l'ameublement de l'hôtel a dû coûter encore gros ?

– Plus de cent mille francs, répondit la marquise qui ne put s'empêcher de sourire de la vulgarité du juge.

– Les juges, madame, reprit le bonhomme, sont assez incrédules, ils sont même payés pour l'être, et je le suis. Monsieur le baron Jeanrenaud et sa mère auraient, si cela est, étrangement spolié monsieur d'Espard. Voici une écurie qui, selon vous, coûterait seize mille francs par an. La table, les gages des gens, les grosses dépenses de maison devraient aller au double, ce qui exigerait cinquante ou soixante mille francs par an. Croyez-vous que ces gens, naguère si misérables, puissent avoir une si grande fortune ? Un million donne à peine quarante mille livres de rente.

– Monsieur, le fils et la mère ont placé les fonds donnés par monsieur d'Espard en rentes sur le grand-livre, quand elles étaient à 60 ou 80. Je crois que leurs revenus doivent monter à plus de soixante mille francs. Le fils a d'ailleurs de très-beaux appointements.

– S'ils dépensent soixante mille francs, dit le juge, combien dépensez-vous donc ?

– Mais, répondit madame d'Espard, à peu près autant.

Le chevalier fit un mouvement, la marquise rougit, Bianchon regarda Rastignac ; mais le juge prit un air de bonhomie qui trompa madame d'Espard. Le chevalier ne prit plus aucune part à la conversation, il vit tout perdu.

– Ces gens, madame, dit Popinot, peuvent être traduits devant le juge extraordinaire.

– Telle était mon opinion, reprit la marquise enchantée. Menacés de la police correctionnelle, ils auraient transigé.

– Madame, dit Popinot, quand monsieur d'Espard vous quitta, ne vous donna-t-il pas une procuration pour gérer et administrer vos biens ?

– Je ne comprends pas le but de ces questions, dit vivement la marquise.

Il me semble que si vous preniez en considération l'état où me met la démence de mon mari, vous devriez vous occuper de lui et non de moi.

– Madame, dit le juge, nous y arrivons. Avant de confier à vous ou à d'autres l'administration des biens de monsieur d'Espard, s'il était interdit, le tribunal doit savoir comment vous avez gouverné les vôtres. Si monsieur d'Espard vous avait remis une procuration, il vous aurait témoigné de la confiance, et le tribunal apprécierait ce fait. Avez-vous eu sa procuration ? Vous pourriez avoir acheté, vendu des immeubles, placé des fonds ?

– Non, monsieur ; il n'est pas dans les habitudes des Blamont-Chauvry de faire le commerce, dit-elle, vivement piquée dans son orgueil nobiliaire et oubliant son affaire. Mes biens sont restés intacts, et monsieur d'Espard ne m'a pas donné de procuration.

Le chevalier mit la main sur ses yeux pour ne pas laisser voir la vive contrariété que lui faisait éprouver le peu de prévoyance de sa belle-soeur, qui se tuait par ses réponses. Popinot avait marché droit au fait malgré les détours de son interrogatoire.

– Madame, dit le juge en montrant le chevalier, monsieur, sans doute, vous appartient par les liens du sang ? nous pouvons parler à cœur ouvert devant ces messieurs.

– Parlez, dit la marquise étonnée de cette précaution.

– Hé ! bien, madame, j'admets que vous ne dépensiez que soixante mille francs par an, et cette somme semblera bien employée à qui voit vos écuries, votre hôtel, votre nombreux domestique, et les habitudes d'une maison dont le luxe me semble supérieur à celui des Jeanrenaud.

La marquise fit un geste d'assentiment.

– Or, reprit le juge, si vous ne possédez que vingt-six mille francs de rente, entre nous soit dit, vous pourriez avoir une centaine de mille francs de dettes. Le tribunal serait donc en droit de croire qu'il existe dans les motifs qui vous portent à demander l'interdiction de monsieur votre mari un intérêt personnel, un besoin d'acquitter vos dettes, si… vous… en… aviez. Les sollicitations qui m'ont été faites m'ont intéressé à votre situation, examinez-la bien, confessez-vous. Il serait encore temps, dans le cas où mes suppositions seraient justes, d'éviter le scandale d'un blâme qu'il serait dans les attributions du tribunal d'exprimer dans les attendu de son jugement, si vous ne rendiez pas votre position nette et claire. Nous sommes forcés d'examiner les motifs des demandeurs aussi bien que d'écouter les défenses de l'homme à interdire, de rechercher si les requérants ne sont pas guidés par la passion, égarés par des cupidités malheureusement trop communes…

La marquise était sur le gril de Saint-Laurent.

– … Et j'ai besoin d'avoir des explications à ce sujet, disait le juge. Madame, je ne demande pas à compter avec vous, mais seulement à savoir comment vous avez suffi à un train de soixante mille livres de rente, et cela depuis quelques années. Il est beaucoup de femmes qui accomplissent ce phénomène dans leur ménage, mais vous n'êtes pas de ces femmes-là. Parlez, vous pouvez avoir des moyens fort légitimes, des grâces royales, quelques ressources dans les indemnités récemment accordées ; mais, dans ce cas, l'autorisation de votre mari eût été nécessaire pour les recueillir.

La marquise était muette.

– Songez, dit Popinot, que monsieur d'Espard peut vouloir se défendre, et son avocat aura le droit de rechercher si vous avez des créanciers. Ce boudoir est fraîchement meublé, vos appartements n'ont pas le mobilier que vous laissait, en 1816, monsieur le marquis. Si, comme vous me faisiez l'honneur de me le dire, les ameublements sont coûteux pour des

Jeanrenaud, ils le sont encore plus pour vous, qui êtes une grande dame. Si je suis juge, je suis homme, je puis me tromper, éclairez-moi. Songez aux devoirs que la loi m'impose, aux recherches rigoureuses qu'elle exige alors qu'il s'agit de prononcer l'interdiction d'un père de famille qui se trouve dans toute la force de l'âge. Aussi excuserez-vous, madame la marquise, les objections que j'ai l'honneur de vous soumettre, et sur lesquelles il vous est facile de me donner quelques explications. Quand un homme est interdit pour le fait de démence, il lui faut un curateur ; qui serait le curateur ?

– Son frère, dit la marquise.

Le chevalier salua. Il y eut un moment de silence qui fut gênant pour ces cinq personnes en présence. En se jouant, le juge avait découvert la plaie de cette femme. La figure bourgeoisement bonnasse de Popinot, de qui la marquise, le chevalier et Rastignac étaient disposés à rire, avait acquis à leurs yeux sa physionomie véritable. En le regardant à la dérobée, tous trois apercevaient les mille significations de cette bouche éloquente. L'homme ridicule devenait un juge perspicace. Son attention à évaluer le boudoir s'expliquait : il était parti de l'éléphant doré qui soutenait la pendule pour questionner ce luxe, et venait de lire au fond du cœur de cette femme.

– Si le marquis d'Espard est fou de la Chine, dit Popinot en montrant la garniture de cheminée, j'aime à voir que les produits vous en plaisent également. Mais peut-être est-ce à monsieur le marquis que vous devez les charmantes chinoiseries que voici, dit-il en désignant de précieuses babioles.

Cette raillerie de bon goût fit sourire Bianchon, pétrifia Rastignac, et la marquise mordit ses lèvres minces.

– Monsieur, dit madame d'Espard, au lieu d'être le défenseur d'une femme placée dans la cruelle alternative de voir sa fortune et ses enfants perdus, ou de passer pour l'ennemie de son mari, vous m'accusez ! vous soupçonnez mes intentions ! Avouez que votre conduite est étrange…

– Madame, répondit vivement le juge, la circonspection que le tribunal apporte en ces sortes d'affaires vous aurait donné, dans tout autre juge, un critique peut-être moins indulgent que je ne le suis. D'ailleurs, croyez-vous que l'avocat de monsieur d'Espard sera très-complaisant ? Ne saura-t-il pas envenimer des intentions qui peuvent être pures et désintéressées ? Votre vie lui appartiendra, il la fouillera sans mettre à ses recherches la respectueuse déférence que j'ai pour vous.

– Monsieur, je vous remercie, répondit ironiquement la marquise. Admettons pour un moment que je doive trente mille, cinquante mille francs, ce serait d'abord une bagatelle pour les maisons d'Espard et de Blamont-Chauvry ; mais si mon mari ne jouit pas de ses facultés intellectuelles, serait-ce un obstacle à son interdiction ?

– Non, madame, dit Popinot.

– Quoique vous m'ayez interrogée avec un esprit de ruse que je ne devais pas supposer chez un juge, dans une circonstance où la franchise suffisait pour tout apprendre, reprit-elle, et que je me regarde comme autorisée à ne plus rien dire, je vous répondrai sans détour que mon état dans le monde, que tous ces efforts faits pour me conserver des relations sont en désaccord avec mes goûts. J'ai commencé la vie par demeurer longtemps dans la solitude ; mais l'intérêt de mes enfants a parlé, j'ai senti que je devais remplacer leur père. En recevant mes amis, en entretenant toutes ces relations, en contractant ces dettes, j'ai garanti leur avenir, je leur ai préparé de brillantes carrières où ils trouveront aide et soutien ; et, pour avoir ce qu'ils ont acquis ainsi, bien des calculateurs, magistrats ou banquiers payeraient volontiers tout ce qu'il m'en a coûté.

— J'apprécie votre dévouement, madame, répondit le juge. Il vous honore, et je ne blâme en rien votre conduite. Le magistrat appartient à tous : il doit tout connaître, il lui faut tout peser.

Le tact de la marquise et son habitude de juger les hommes lui firent deviner que monsieur Popinot ne pourrait être influencé par aucune considération. Elle avait compté sur quelque magistrat ambitieux, elle rencontrait un homme de conscience. Elle songea soudain à d'autres moyens pour assurer le succès de son affaire. Les domestiques apportèrent le thé.

— Madame a-t-elle d'autres explications à me donner ? dit Popinot en voyant ces apprêts.

— Monsieur, lui répondit-elle avec hauteur, faites votre métier : interrogez monsieur d'Espard, et vous me plaindrez, j'en suis certaine… Elle releva la tête en regardant Popinot avec une fierté mêlée d'impertinence, le bonhomme la salua respectueusement.

— Il est gentil, ton oncle, dit Rastignac à Bianchon. Il ne comprend donc rien, il ne sait donc pas ce qu'est la marquise d'Espard, il ignore donc son influence, son pouvoir occulte sur le monde ? Elle aura demain chez elle le Garde des Sceaux…

— Mon cher, que veux-tu que j'y fasse, dit Bianchon, ne t'ai-je pas prévenu ? Ce n'est pas un homme coulant.

— Non, dit Rastignac, c'est un homme à couler.

Le docteur fut forcé de saluer la marquise et son muet chevalier pour courir après Popinot, qui, n'étant pas homme à demeurer dans une situation gênante, trottinait dans les salons.

— Cette femme-là doit cent mille écus, dit le juge en montant dans le cabriolet de son neveu.

– Que pensez-vous de l'affaire ?

– Moi, dit le juge, je n'ai jamais d'opinion avant d'avoir tout examiné. Demain, de bon matin, je manderai madame Jeanrenaud par-devant moi, dans mon cabinet, à quatre heures, pour lui demander des explications sur les faits qui lui sont relatifs, car elle est compromise.

– Je voudrais bien savoir la fin de cette affaire.

– Eh ! mon Dieu, ne vois-tu pas que la marquise est l'instrument de ce grand homme sec qui n'a pas soufflé mot. Il y a un peu de Caïn chez lui, mais du Caïn qui cherche sa massue dans le Tribunal, où, malheureusement, nous avons quelques épées de Caïn.

– Ah ! Rastignac, s'écria Bianchon, que fais-tu dans cette galère ?

– Nous sommes accoutumés à voir de ces petits complots dans les familles : il ne se passe pas d'année qu'il n'y ait des jugements de non-lieu sur des demandes en interdiction. Dans nos mœurs, on n'est pas déshonoré par ces sortes de tentatives ; tandis que nous envoyons aux galères un pauvre diable pour avoir cassé la vitre qui le séparait d'une sébile pleine d'or. Notre code n'est pas sans défauts.

– Mais les faits de la requête ?

– Mon garçon, tu ne connais donc pas encore les romans judiciaires que les clients imposent à leurs avoués ? Si les avoués se condamnaient à ne présenter que la vérité, ils ne gagneraient pas l'intérêt de leurs charges.

Le lendemain, à quatre heures après midi, une grosse dame, qui ressemblait assez à une futaille à laquelle on aurait mis une robe et une ceinture, suait et soufflait en montant l'escalier du juge Popinot. Elle était à grand'peine sortie d'un landau vert qui lui seyait à merveille : la femme ne se concevait pas sans le landau, ni le landau sans la femme.

– C'est moi, mon cher monsieur, dit-elle en se présentant à la porte du cabinet du juge, madame Jeanrenaud, que vous avez demandée ni plus ni moins que si elle était une voleuse. Ces paroles communes furent prononcées d'une voix commune, scandée par les sifflements obligés d'un asthme, et terminée par un accès de toux. Quand je traverse les endroits humides, vous ne sauriez croire comme je souffre, monsieur. Je ne ferai pas de vieux os, sauf votre respect. Enfin me voilà.

Le juge resta tout ébahi à l'aspect de cette prétendue maréchale d'Ancre. Madame Jeanrenaud avait une figure percée d'une infinité de trous, très-colorée, à front bas, un nez retroussé, une figure ronde comme une boule ; car chez la bonne femme tout était rond. Elle avait les yeux vifs d'une campagnarde, l'air franc, la parole joviale, des cheveux châtains retenus par un faux bonnet sous un chapeau vert orné d'un vieux bouquet d'oreilles-d'ours. Ses seins volumineux excitaient le rire en faisant craindre une grotesque explosion à chaque tousserie. Ses grosses jambes étaient de celles qui font dire d'une femme, par les gamins de Paris, qu'elle est bâtie sur pilotis. La veuve avait une robe verte garnie de chinchilla, qui lui allait comme une tache de cambouis sur le voile d'une mariée. Enfin chez elle tout était d'accord avec son dernier mot : – Me voilà.

– Madame, lui dit Popinot, vous êtes soupçonnée d'avoir employé la séduction sur monsieur le marquis d'Espard pour vous faire attribuer des sommes considérables.

– De quoi, de quoi ? dit-elle, la séduction ! mais, mon cher monsieur, vous êtes un homme respectable, et d'ailleurs, comme magistrat, vous devez avoir du bon sens, regardez-moi ? Dites-moi si je suis femme à séduire quelqu'un. Je ne peux pas nouer les cordons de mes souliers ni me baisser. Voilà vingt ans que, Dieu merci, je ne peux pas mettre de corset sous peine de mort violente. J'étais mince comme une asperge à dix-sept ans, et jolie, je peux vous le dire aujourd'hui. J'ai donc épousé Jeanrenaud, un brave homme, conducteur des bateaux de sel. J'ai eu mon fils, qui est un beau garçon : il est ma gloire ; et, sans me mépriser, c'est mon plus bel ouvrage. Mon petit Jeanrenaud était un soldat flatteur pour Napoléon et l'a servi dans la garde impériale. Hélas ! la mort de mon homme, qui a péri noyé, m'a fait une révolution : j'ai eu la petite vérole, je suis restée deux ans dans ma chambre sans bouger, et j'en suis sortie grosse comme vous voyez, laide à perpétuité et malheureuse comme les pierres... Voilà mes séductions !

– Mais, madame, quels sont donc alors les motifs que peut avoir monsieur d'Espard pour vous avoir donné des sommes ?...

– Inmenses, monsieur, dites le mot, je le veux bien ; mais quant aux motifs, je ne suis pas autorisée à les déclarer.

– Vous auriez tort. En ce moment sa famille, justement inquiète, va le poursuivre...

– Dieu de Dieu ! dit la bonne femme en se levant avec vivacité, serait-il donc susceptible d'être tourmenté à mon égard ? le roi des hommes, un homme qui n'a pas son pareil ! Plutôt qu'il lui arrive le moindre chagrin, et j'oserais dire un cheveu de moins sur la tête, nous rendrons tout, monsieur le juge. Mettez cela sur vos papiers. Dieu de Dieu ! je cours dire à Jeanrenaud ce qu'il en est. Ah ! voilà du propre !

Et la petite vieille se leva, sortit, roula par les escaliers, et disparut.

– Elle ne ment pas, celle-là, se dit le juge. Allons, je saurai tout demain, car demain j'irai chez le marquis d'Espard.

Les gens qui ont dépassé l'âge auquel l'homme dépense sa vie à tort et à travers connaissent l'influence exercée sur les événements majeurs par des actes en apparence indifférents, et ne s'étonneront pas de l'importance attachée au petit fait que voici. Le lendemain Popinot eut un coryza, maladie sans danger, connue sous le nom impropre et ridicule de rhume de cerveau. Incapable de soupçonner la gravité d'un délai, le juge, qui se sentit un peu de fièvre, garda la chambre et n'alla pas interroger le marquis d'Espard. Cette journée perdue fut, dans cette affaire, ce que fut, à la journée des Dupes, le bouillon pris par Marie de Médicis, qui, retardant sa conférence avec Louis XIII, permit à Richelieu d'arriver le premier à Saint-Germain et de ressaisir son royal captif. Avant de suivre le magistrat et son greffier chez le marquis d'Espard, peut-être est-il nécessaire de jeter un coup d'œil sur la maison, sur l'intérieur et les affaires de ce père de famille représenté comme un fou dans la requête de sa femme.

Il se rencontre çà et là dans les vieux quartiers de Paris plusieurs bâtiments où l'archéologue reconnaît un certain désir d'orner la ville, et cet amour de la propriété qui porte à donner de la durée aux constructions. La maison où demeurait alors monsieur d'Espard, rue de la Montagne-Sainte-Geneviève, était un de ces antiques monuments bâtis en pierre de taille, et qui ne manquaient pas d'une certaine richesse dans l'architecture ; mais le temps avait noirci la pierre, et les révolutions de la ville en avaient altéré le dehors et le dedans. Les hauts personnages, qui jadis habitaient le quartier de l'Université, s'en étant allés avec les grandes institutions ecclésiastiques, cette demeure avait abrité des industries et des habitants auxquels elle ne fut jamais destinée. Dans le dernier siècle, une imprimerie en avait dégradé les parquets, sali les boiseries, noirci les murailles, et détruit les principales dispositions intérieures. Autrefois l'hôtel d'un cardinal, cette noble maison était aujourd'hui livrée à d'obscurs locataires. Le caractère de son architecture indiquait qu'elle avait été bâtie durant les règnes de Henri III, de Henri IV et de Louis XIII, à l'époque où se construisaient aux environs les hôtels Mignon, Serpente, le palais de la princesse Palatine et la Sorbonne. Un vieillard se souvenait de l'avoir entendu, dans le dernier siècle, nommer l'hôtel Duperron. Il paraissait vraisemblable que cet illustre cardinal l'avait construite ou seulement habitée. Il existe en effet à l'angle de la cour un perron composé de plusieurs marches, par lequel on entre dans la maison ; et l'on descend au jardin par un autre perron construit au milieu de la façade intérieure. Malgré les dégradations, le luxe déployé par l'architecte dans les balustrades et dans la tribune de ces deux perrons annonce la naïve intention de rappeler le nom du propriétaire, espèce de calembour sculpté que se permettaient souvent nos ancêtres. Enfin, à l'appui de cette preuve, les archéologues peuvent voir dans les tympans qui ornent les deux principales façades quelques traces des cordons du chapeau romain. Monsieur le marquis d'Espard occupait le rez-de-chaussée, sans doute afin d'avoir la jouissance du jardin, qui pouvait passer dans ce quartier pour spacieux, et se trouvait à l'exposition du midi, deux avantages qu'exigeait impérieusement la santé de ses enfants. La situation de la maison, dans une rue dont le nom indique la pente rapide, procurait, à ce rez-de-chaussée, une assez grande élévation pour qu'il n'y eût jamais d'humidité. Monsieur d'Espard avait dû louer son appartement pour une très-modique somme, les loyers étant peu chers à l'époque où il vint dans ce quartier, afin d'être au centre des colléges et de surveiller l'éducation de ses enfants. D'ailleurs, l'état dans lequel il prit des lieux où tout était à réparer avait nécessairement décidé le propriétaire à se montrer fort accommodant. Monsieur d'Espard avait donc pu, sans être taxé de folie, faire chez lui quelques dépenses pour s'y établir convenablement. La hauteur des pièces, leur disposition, leurs boiseries dont les cadres seuls subsistaient, l'agencement des plafonds, tout respirait cette grandeur que le Sacerdoce a imprimée aux choses entreprises ou créées par lui, et que les artistes retrouvent aujourd'hui dans les plus légers fragments qui en subsistent, ne fût-ce qu'un livre, un habillement, un pan de bibliothèque, ou quelque fauteuil. Les peintures ordonnées par le marquis offraient ces tons bruns aimés par la Hollande, par l'ancienne bourgeoisie parisienne, et qui fournissent aujourd'hui de beaux effets aux peintres de genre. Les panneaux étaient tendus de papiers unis qui s'accordaient avec les peintures. Les fenêtres avaient des rideaux d'étoffe peu coûteuse, mais choisie de manière à produire un effet en harmonie avec l'aspect général. Les meubles étaient rares et bien distribués. Quiconque entrait dans cette demeure ne pouvait se défendre d'un sentiment doux et paisible, inspiré par le calme profond, par le silence qui y régnait, par la modestie et par l'unité de la couleur, en donnant à cette expression le sens qu'y attachent les peintres. Une certaine noblesse dans les détails, l'exquise propreté des meubles, un accord parfait entre les choses et les personnes, tout amenait sur les lèvres le mot suave. Peu de personnes étaient admises dans ces appartements habités par le marquis et ses deux fils, dont l'existence pouvait sembler mystérieuse à tout le voisinage. Dans un des corps de logis en retour sur la rue, au troisième étage, il existe trois grandes chambres qui restaient dans l'état de délabrement et de nudité grotesque où les avait mises l'imprimerie. Ces trois pièces, destinées à l'exploitation de l'Histoire pittoresque de la Chine, étaient disposées de manière à contenir un bureau, un magasin et un cabinet où se tenait monsieur d'Espard pendant une partie de la journée, car après le déjeuner, jusqu'à quatre heures du soir, le marquis demeurait dans son cabinet, au troisième étage, pour surveiller la publication qu'il avait entreprise. Les personnes qui venaient le voir le trouvaient habituellement là. Souvent, au retour de leurs classes, ses deux enfants montaient à ce bureau. L'appartement du rez-de-chaussée formait donc un sanctuaire où le père et ses fils demeuraient depuis le dîner jusqu'au lendemain. Sa vie de famille était ainsi soigneusement murée. Il avait pour tout domestique une cuisinière, vieille femme depuis longtemps attachée à sa maison, et un valet de chambre âgé de quarante ans, qui le servait avant qu'il n'épousât mademoiselle de Blamont. La gouvernante des enfants était restée prés d'eux. Les soins minutieux dont témoignait la tenue de l'appartement annonçaient l'esprit d'ordre, le maternel amour que cette femme déployait pour les intérêts de son maître dans la conduite de sa maison et dans le gouvernement des enfants. Graves et peu communicatifs, ces trois braves gens semblaient avoir compris la pensée qui dirigeait la vie intérieure du marquis. Ce contraste entre leurs habitudes et celles de la plupart des valets constituait une singularité qui jetait sur cette maison un air de mystère, et qui servait beaucoup la calomnie à laquelle monsieur d'Espard donnait lui-même prise. Des motifs louables lui avaient fait prendre la résolution de ne se lier avec aucun des locataires de la maison. En entreprenant l'éducation de ses enfants, il désirait les garantir de tout contact avec des étrangers. Peut-être aussi voulut-il éviter les ennuis du voisinage. Chez un homme de sa qualité, par un temps où le libéralisme agitait particulièrement le quartier latin, cette conduite devait exciter contre lui de petites passions, des sentiments dont la niaiserie n'est comparable qu'à leur bassesse, et qui engendraient des commérages de portiers, des propos envenimés de porte à porte, ignorés de monsieur d'Espard et de ses gens. Son valet de chambre passait pour être un jésuite, sa cuisinière était une sournoise, la gouvernante s'entendait avec madame Jeanrenaud pour dépouiller le fou. Le fou était le marquis. Les locataires arrivèrent insensiblement à taxer de folie une foule de choses observées chez monsieur d'Espard, et passées au tamis de leurs appréciations sans qu'ils y trouvassent des motifs raisonnables. Croyant peu au succès de sa publication sur la Chine, ils avaient fini par persuader au propriétaire de la maison que monsieur d'Espard était sans argent, au moment même où, par un oubli que commettent beaucoup de gens occupés, il avait laissé le receveur des contributions lui envoyer une contrainte pour le payement de sa cote arriérée. Le propriétaire avait alors réclamé, dès le 1er janvier, son terme par l'envoi d'une quittance que la portière s'était amusée à garder. Le 15 un commandement avait été signifié, la portière l'avait tardivement remis à monsieur d'Espard, qui prit cet acte pour un malentendu, sans croire à de mauvais procédés de la part d'un homme chez lequel il demeurait depuis douze ans. Le marquis fut saisi par un huissier pendant que son valet de chambre allait porter l'argent du terme chez son propriétaire. Cette saisie, insidieusement racontée aux personnes avec lesquelles il était en relation pour son entreprise, en avait alarmé quelques-unes, qui doutaient déjà de la solvabilité de monsieur d'Espard, à cause des sommes énormes que lui soutiraient, disait-on, le baron Jeanrenaud et sa mère. Les soupçons des locataires, des créanciers et du propriétaire étaient d'ailleurs presque justifiés par la grande économie que le marquis apportait dans ses dépenses. Il se conduisait en homme ruiné. Ses domestiques payaient immédiatement dans le quartier les plus menus objets nécessaires à la vie, et agissaient comme des gens qui ne veulent pas de crédit ; s'ils eussent demandé quoi que ce fût sur parole, ils auraient peut-être éprouvé des refus, tant les commérages calomnieux avaient obtenu de créance dans le quartier. Il est des marchands qui aiment celles de leurs pratiques qui les payent mal, quand ils ont avec elles des rapports constants ; tandis qu'ils en haïssent d'excellentes qui se tiennent sur une ligne trop élevée pour leur permettre des accointances, mot vulgaire mais expressif. Les hommes sont ainsi. Dans presque toutes les classes, ils accordent au compérage ou à des âmes viles qui les flattent les facilités, les faveurs refusées à la supériorité qui les blesse quelle que soit la manière dont elle se révèle. Le boutiquier qui crie contre la cour a ses courtisans. Enfin les façons du marquis et celles de ses enfants devaient engendrer de mauvaises dispositions chez leurs voisins, et les porter insensiblement à un degré de malfaisance auquel les gens ne reculent plus devant une lâcheté quand elle nuit à l'adversaire qu'ils se sont créé. Monsieur d'Espard était gentilhomme, comme sa femme était une grande dame : deux types magnifiques, déjà si rares en France que l'observateur peut y compter les personnes qui en offrent une complète réalisation. Ces deux personnages reposent sur des idées primitives, sur des croyances pour ainsi dire innées, sur des habitudes prises dès l'enfance, et qui n'existent plus. Pour croire au sang pur, à une race privilégiée, pour se mettre par la pensée au-dessus des autres hommes, ne faut-il pas, dès sa naissance, avoir mesuré l'espace qui sépare les patriciens du peuple ? Pour commander, ne faut-il pas ne point avoir connu d'égaux ? Ne faut-il pas enfin que l'éducation inculque les idées que la nature inspire aux grands hommes à qui elle a mis une couronne au front avant que leur mère n'y puisse mettre un baiser ? Ces idées et cette éducation ne sont plus possibles en France, où depuis quarante ans le hasard s'est arrogé le droit de faire des nobles en les trempant dans le sang des batailles, en les dorant de gloire, en les couronnant de l'auréole du génie ; où l'abolition des substitutions et des majorats, en émiettant les héritages, force le noble à s'occuper de ses affaires au lieu de s'occuper des affaires de l'État, et où la grandeur personnelle ne peut plus être qu'une grandeur acquise après de longs et patients travaux : ère toute nouvelle. Considéré comme un débris de ce grand corps nommé la féodalité, monsieur d'Espard méritait une admiration respectueuse. S'il se croyait par le sang au-dessus des autres hommes, il croyait également à toutes les obligations de la noblesse ; il possédait les vertus et la force qu'elle exige. Il avait élevé ses enfants dans ses principes, et leur avait communiqué dès le berceau la religion de sa caste. Un sentiment profond de leur dignité, l'orgueil du nom, la certitude d'être grands par eux-mêmes, enfantèrent chez eux une fierté royale, le courage des preux et la bonté protectrice des seigneurs châtelains ; leurs manières en harmonie avec leurs idées, et qui eussent paru belles chez des princes, blessaient tout le monde rue de la Montagne-Sainte-Geneviève, pays d'égalité s'il fut, où l'on croyait d'ailleurs monsieur d'Espard ruiné, où, depuis le plus petit jusqu'au plus grand, tout le monde refusait les priviléges de la noblesse à un noble sans argent, par la raison que chacun les laisse usurper aux bourgeois enrichis. Ainsi, le défaut de communication entre cette famille et les autres personnes existait au moral comme au physique.

Chez le père aussi bien que chez les enfants, l'extérieur et l'âme étaient en harmonie. Monsieur d'Espard, alors âgé d'environ cinquante ans, aurait pu servir de modèle pour exprimer l'aristocratie nobiliaire au dix-neuvième siècle. Il était mince et blond, sa figure avait cette distinction native dans la coupe et dans l'expression générale qui annonçait des sentiments élevés ; mais elle portait l'empreinte d'une froideur calculée qui commandait un peu trop le respect. Son nez aquilin, tordu dans le bout, de gauche à droite, légère déviation qui n'était pas sans grâce ; ses yeux bleus, son front haut, assez saillant aux sourcils pour former un épais cordon qui arrêtait la lumière en ombrant l'œil, indiquaient un esprit droit, susceptible de persévérance, une grande loyauté, mais donnaient en même temps un air étrange à sa physionomie. Cette cambrure du front aurait pu faire croire en effet à quelque peu de folie, et ses épais sourcils rapprochés ajoutaient encore à cette apparente bizarrerie. Il avait les mains blanches et soignées des gentilshommes, ses pieds étaient étroits et hauts.

Son parler indécis, non-seulement dans la prononciation qui ressemblait à celle d'un bègue, mais encore dans l'expression des idées, sa pensée et sa parole produisaient dans l'esprit de l'auditeur l'effet d'un homme qui va et vient, qui, pour employer un mot de la langue familière, tatillonne, touche à tout, s'interrompt dans ses gestes, et n'achève rien. Ce défaut, purement extérieur, contrastait avec la décision de sa bouche pleine de fermeté, avec le caractère tranché de sa physionomie. Sa démarche un peu saccadée seyait à sa manière de parler. Ces singularités contribuaient à confirmer sa prétendue folie. Malgré son élégance, il était pour sa personne d'une économie systématique, et portait pendant trois ou quatre ans la même redingote noire, brossée avec un soin extrême par son vieux valet de chambre. Quant à ses enfants, tous deux étaient beaux et doués d'une grâce qui n'excluait pas l'expression d'un dédain aristocratique. Ils avaient cette vive coloration, cette fraîcheur de regard, cette transparence dans la chair qui dénonce des mœurs pures, l'exactitude dans le régime, la régularité des travaux et des amusements. Tous deux avaient des cheveux noirs et des yeux bleus, le nez tordu comme celui de leur père ; mais peut-être leur mère leur avait-elle transmis cette dignité du parler, du regard et de la contenance, héréditaire chez les Blamont-Chauvry. Leur voix fraîche comme le cristal possédait le don d'émouvoir et cette mollesse qui exerce de si grandes séductions ; enfin, ils avaient la voix qu'une femme aurait voulu entendre après avoir reçu la flamme de leurs regards. Ils conservaient surtout la modestie de leur fierté, une chaste réserve, un noli me tangere, qui, plus tard, aurait pu paraître un effet du calcul, tant cette contenance inspirait l'envie de les connaître. L'aîné, le comte Clément de Nègrepelisse, entrait dans sa seizième année. Depuis deux ans il avait quitté la jolie petite veste anglaise que conservait encore son frère, le vicomte Camille d'Espard. Le comte, qui depuis environ six mois n'allait plus au collége Henri IV, était vêtu comme un jeune homme adonné aux premiers bonheurs que procure l'élégance. Son père n'avait pas voulu lui faire faire inutilement une année de philosophie, il tâchait de donner à ses connaissances une sorte de lien par l'étude des mathématiques transcendantes. En même temps le marquis lui apprenait les langues orientales, le droit diplomatique de l'Europe, le blason, et l'histoire aux grandes sources, l'histoire dans les chartes, dans les pièces authentiques, dans les recueils d'ordonnances. Camille était entré récemment en Rhétorique.

Le jour où Popinot se proposa de venir interroger monsieur d'Espard, fut un jeudi, jour de congé. Avant que leur père ne s'éveillât, sur les neuf heures, les deux frères jouaient dans le jardin. Clément se défendait mal contre les instances de son frère qui désirait aller au tir pour la première fois, et qui lui demandait d'appuyer sa demande auprès du marquis. Le vicomte abusait toujours un peu de sa faiblesse, et prenait souvent plaisir à lutter avec son frère. Tous deux se mirent donc à se quereller et à se battre en jouant comme des écoliers. En courant dans le jardin, l'un après l'autre, ils firent assez de bruit pour éveiller leur père qui se mit à sa fenêtre, sans être aperçu par eux, grâce à la chaleur du combat. Le marquis se plut à considérer ses deux enfants qui s'entrelaçaient comme deux serpents, et montraient leurs têtes animées par le déploiement de leurs forces : leurs visages étaient blancs et roses, leurs yeux lançaient des éclairs, leurs membres se tordaient comme des cordes au feu ; ils tombaient, se relevaient, se reprenaient comme deux athlètes dans un cirque, et causaient à leur père un de ces bonheurs qui récompenserait les plus vives peines d'une vie agitée. Deux personnes, l'une au second, l'autre au premier étage de la maison, regardèrent dans le jardin, et dirent aussitôt que le vieux fou s'amusait à faire battre ses enfants. Aussitôt plusieurs têtes parurent aux fenêtres ; le marquis les aperçut, dit un mot à ses fils, qui tout à coup grimpèrent à sa fenêtre, sautèrent dans sa chambre, et Clément obtint aussitôt la permission demandée par Camille. Il ne fut bruit dans la maison que du nouveau trait de folie du marquis.

Quand Popinot se présenta vers midi, accompagné de son greffier, à la porte où il demanda monsieur d'Espard, la portière le conduisit au troisième étage, en lui racontant comme quoi monsieur d'Espard, pas plus tard que ce matin, avait fait battre ses deux enfants, et riait, comme un monstre qu'il était, en voyant le cadet qui mordait l'aîné jusqu'au sang, et comment sans doute il voulait les voir se détruire.

– Demandez-moi pourquoi ! ajouta-t-elle, il ne le sait pas lui-même.

Au moment où la portière disait au juge ce mot décisif, elle l'avait amené sur le palier du troisième étage, en face d'une porte placardée d'affiches qui annonçaient les livraisons successives de l'Histoire pittoresque de la Chine. Ce palier fangeux, cette rampe sale, cette porte où l'imprimerie avait laissé ses stigmates, cette fenêtre délabrée et les plafonds où les apprentis s'étaient plu à dessiner des monstruosités avec la flamme fumeuse de leurs chandelles, les tas de papiers et d'ordures amoncelés dans les coins, à dessein ou par insouciance ; enfin tous les détails du tableau qui s'offrait aux regards s'accordaient si bien avec les faits allégués par la marquise que, malgré son impartialité, le juge ne put s'empêcher d'y croire.

– Vous y êtes, messieurs, dit la portière, voilà la manifacture où les Chinois mangent de quoi nourrir tout le quartier.

Le greffier regarda le juge en souriant, et Popinot eut quelque peine à conserver son sérieux. Tous deux entrèrent dans la première chambre, où se trouvait un vieil homme qui sans doute faisait à la fois le service d'un garçon de bureau, d'un garçon de magasin et d'un caissier. Ce vieillard était le maître Jacques de la Chine. De longues planches, sur lesquelles étaient entassées les livraisons publiées, garnissaient les murs de cette chambre. Au fond, une cloison en bois et en grillage, intérieurement ornée de rideaux verts, formait un cabinet. Une chattière destinée à recevoir ou à donner les écus indiquait le siége de la caisse.

– Monsieur d'Espard ? dit Popinot en s'adressant à cet homme vêtu d'une blouse grise.

Le garçon de magasin ouvrit la porte de la seconde chambre, où le magistrat et son greffier aperçurent un vieillard vénérable, à chevelure blanche, simplement vêtu, décoré de la croix de Saint-Louis, assis devant un bureau, et qui cessa de comparer des feuilles coloriées pour regarder les deux survenants. Cette pièce était un bureau modeste, rempli de livres et d'épreuves. Il s'y trouvait une table en bois noir, où sans doute venait travailler une personne absente en ce moment.

– Monsieur est monsieur le marquis d'Espard ? dit Popinot.

– Non, monsieur, répondit le vieillard en se levant. Que désirez-vous de lui ? ajouta-t-il en s'avançant vers eux, et témoignant par son maintien des manières élevées et des habitudes dues à l'éducation d'un gentilhomme.

– Nous voudrions lui parler d'affaires qui lui sont entièrement personnelles, répondit Popinot.

– D'Espard, voici des messieurs qui te demandent, dit alors ce personnage en entrant dans la dernière pièce où le marquis était au coin de la cheminée occupé à lire les journaux.

Ce dernier cabinet avait un tapis usé, les fenêtres étaient garnies de rideaux en toile grise, il n'y avait que quelques chaises en acajou, deux fauteuils, un secrétaire à cylindre, un bureau à la Tronchin, puis sur la cheminée une méchante pendule et deux vieux candélabres. Le vieillard précéda Popinot et son greffier, leur avança deux chaises, comme s'il était le maître du logis, et monsieur d'Espard le laissa faire. Après des salutations respectives pendant lesquelles le juge observa le prétendu fou, le marquis demanda naturellement quel était l'objet de cette visite. Ici Popinot regarda le vieillard et le marquis d'un air assez significatif.

– Je crois, monsieur le marquis, répondit-il, que la nature de mes fonctions et l'enquête qui m'amène exigent que nous soyons seuls, quoiqu'il soit dans l'esprit de la loi que, dans ce cas, les interrogatoires reçoivent une sorte de publicité domestique. Je suis Juge au Tribunal de Première Instance du département de la Seine, et commis par monsieur le Président pour vous interroger sur les faits articulés dans une requête en interdiction présentée par madame la marquise d'Espard.

Le vieillard se retira. Quand le juge et son justiciable furent seuls, le greffier ferma la porte, s'établit sans cérémonie au bureau à la Tronchin où il déroula ses papiers et prépara son procès-verbal. Popinot n'avait pas cessé de regarder monsieur d'Espard, il observait l'effet produit sur lui par cette déclaration, si cruelle pour un homme plein de raison. Le marquis d'Espard, dont la figure était ordinairement pâle comme le sont les figures des personnes blondes, devint subitement rouge de colère ; il eut un léger tressaillement, s'assit, posa son journal sur la cheminée, et baissa les yeux. Il reprit bientôt la dignité du gentilhomme et contempla le juge, comme pour chercher sur sa physionomie les indices de son caractère.

– Comment, monsieur, n'ai-je pas été prévenu d'une semblable requête ? lui demanda-t-il.

– Monsieur le marquis, les personnes dont l'interdiction est requise n'étant pas censées jouir de leur raison, la signification de la requête est inutile. Le devoir du Tribunal est de vérifier, avant tout, les allégations des requérants.

– Rien n'est plus juste, répondit le marquis. Eh ! bien, monsieur, veuillez m'indiquer la manière dont je dois me conduire….

– Vous n'avez qu'à répondre à mes demandes, en n'omettant aucun détail. Quelque délicates que soient les raisons qui vous auraient porté à agir de manière à donner à madame d'Espard le prétexte de sa requête, parlez sans crainte. Il est inutile de vous faire observer que la magistrature connaît ses devoirs, et qu'en semblable occurrence le secret le plus profond…

– Monsieur, dit le marquis dont les traits accusèrent une douleur vraie, si de mes explications il résultait un blâme de la conduite tenue par madame d'Espard, qu'en adviendrait-il ?

– Le Tribunal pourrait exprimer une censure dans les motifs de son jugement.

– Cette censure est-elle facultative ? Si je stipulais avec vous, avant de vous répondre, qu'il ne sera rien dit de blessant pour madame d'Espard au cas où votre rapport me serait favorable, le Tribunal aurait-il égard à ma prière ?

Le juge regarda le marquis, et ces deux hommes échangèrent alors des pensées d'une égale noblesse.

– Noël, dit Popinot à son greffier, retirez-vous dans l'autre pièce. Si vous êtes utile, je vous rappellerai. – Si, comme je suis en ce moment disposé à le croire, il se rencontre en cette affaire des malentendus, je puis vous promettre, monsieur, que, sur votre demande, le Tribunal agirait avec courtoisie, reprit-il en s'adressant au marquis quand le greffier fut sorti. Il est un premier fait allégué par madame d'Espard, le plus grave de tous, et sur lequel je vous prie de m'éclairer, dit le juge après une pause. Il s'agit de la dissipation de votre fortune au profit d'une dame Jeanrenaud, veuve d'un conducteur de bateaux, ou plutôt au profit de son fils le colonel, que vous auriez placé, pour qui vous auriez épuisé la faveur dont vous jouissez auprès du Roi, enfin envers lequel vous auriez poussé la protection jusqu'à lui procurer un bon mariage. La requête donne à penser que cette amitié dépasse en dévouement tous les sentiments, même ceux que la morale réprouve…

Une rougeur subite colora le visage et le front du marquis, il lui vint même des larmes aux yeux, ses cils furent humectés ; puis un juste orgueil réprima cette sensibilité qui, chez un homme, passe pour de la faiblesse.

– En vérité, monsieur, répondit le marquis d'une voix altérée, vous me jetez dans une étrange perplexité. Les motifs de ma conduite étaient condamnés à mourir avec moi….. Pour en parler, je dois vous découvrir des plaies secrètes, vous livrer l'honneur de ma famille, et, chose délicate que vous apprécierez, parler de moi. J'espère, monsieur, que tout sera secret entre nous. Vous saurez trouver dans les formes judiciaires un mode qui permette de rédiger un jugement sans qu'il y soit question de mes révélations….

– Sous ce rapport, tout est possible, monsieur le marquis.

– Monsieur, dit monsieur d'Espard, quelque temps après mon mariage, ma femme avait fait de si grandes dépenses, que je fus obligé d'avoir recours à un emprunt. Vous savez quelle fut la situation des familles nobles pendant la Révolution ? Il ne m'avait point été permis d'avoir d'intendant ni d'homme d'affaires. Aujourd'hui les gentilshommes sont à peu près tous forcés de faire eux-mêmes leurs affaires. La plupart de mes titres de propriété avaient été rapportés du Languedoc, de la Provence ou du Comtat à Paris par mon père qui craignait, avec assez de raison, les recherches que les titres de famille, et ce qu'on nommait alors les parchemins des privilégiés, attiraient à leurs propriétaires. Nous sommes Nègrepelisse en notre nom. D'Espard est un titre acquis sous Henri IV par une alliance qui nous a donné les biens et les titres de la maison d'Espard, à la condition de mettre en abîme sur nos armes l'écusson des d'Espard, vieille famille du Béarn, alliée à la maison d'Albret par les femmes : d'or, à trois pals de sable, écartelé d'azur à deux pates de griffon d'argent onglées de gueules posées en sautoir, avec le fameux : Des partem leonis pour devise. Aux jours de cette alliance, nous perdîmes Nègrepelisse, petite ville aussi célèbre dans les guerres de religion, que le fut alors celui de mes ancêtres qui en portait le nom. Le capitaine de Nègrepelisse fut ruiné par l'incendie de ses biens, car les protestants n'épargnèrent pas un ami de Montluc. La Couronne fut injuste envers monsieur de Nègrepelisse, il n'eut ni le bâton de maréchal, ni gouvernement, ni indemnités ; le roi Charles IX, qui l'aimait, mourut sans avoir pu le récompenser ; Henri IV moyenna bien son mariage avec mademoiselle d'Espard, et lui procura les domaines de cette maison ; mais tous les biens des Nègrepelisse avaient déjà passé dans les mains des créanciers. Mon bisaïeul le marquis d'Espard fut, comme moi, mis assez jeune à la tête de ses affaires par la mort de son père, lequel après avoir dissipé la fortune de sa femme, ne lui laissa que les terres substituées de la maison d'Espard, mais grevées d'un douaire. Le jeune marquis d'Espard se trouva donc d'autant plus gêné qu'il avait une charge à la cour. Particulièrement bien vu de Louis XIV, la faveur du roi fut un brevet de fortune. Ici, monsieur, fut faite sur notre écusson une tache inconnue, horrible, une tache de boue et de sang, que je suis occupé à laver. Je découvris ce secret dans les titres relatifs à la terre de Nègrepelisse, et dans des liasses de correspondances.

En ce moment solennel, le marquis parlait sans bégaiement, il ne lui échappait aucune des répétitions qui lui étaient habituelles ; mais chacun a pu observer que les personnes qui, dans les choses ordinaires de la vie, sont affectées de ces deux défauts, s'en débarrassent au moment où quelque passion vive anime leur discours.

– La révocation de l'édit de Nantes eut lieu, reprit-il. Peut-être ignorez-vous, monsieur, que, pour beaucoup de favoris, ce fut une occasion de fortune. Louis XIV donna aux grands de sa cour les terres confisquées sur les familles protestantes qui ne se mirent pas en règle pour la vente de leurs biens. Quelques personnes en faveur allèrent, comme on disait alors, à la chasse aux protestants. J'ai acquis la certitude que la fortune actuelle de deux familles ducales se compose de terres confisquées sur de malheureux négociants. Je ne vous expliquerai point, à vous, homme de justice, les manœuvres employées pour tendre des pièges aux réfugiés qui avaient de grandes fortunes à emporter : qu'il vous suffise de savoir que la terre de Nègrepelisse composée de vingt-deux clochers et de droits sur la ville ; que celle de Gravenges, qui jadis nous avait appartenu, se trouvaient entre les mains d'une famille protestante. Mon grand-père y rentra par la donation que lui en fit Louis XIV. Cette donation reposait sur des actes marqués au coin d'une épouvantable iniquité. Le propriétaire de ces deux terres croyant pouvoir rentrer en France, avait simulé une vente et allait en Suisse rejoindre sa famille, qu'il y avait envoyée tout d'abord. Il voulait sans doute profiter de tous les délais accordés par l'ordonnance, afin de régler les affaires de son commerce. Cet homme fut arrêté par un ordre du gouverneur, le fidéicommissaire déclara la vérité, le pauvre négociant fut pendu, mon père eut les deux terres. J'aurais voulu pouvoir ignorer la part que mon aïeul prit à cette intrigue ; mais le gouverneur était son oncle maternel, et j'ai lu malheureusement une lettre par laquelle il le priait de s'adresser à Déodatus, mot convenu entre les courtisans pour parler du Roi. Il règne dans cette lettre, à propos de la victime, un ton de plaisanterie qui m'a fait horreur. Enfin, monsieur, les sommes envoyées par la famille réfugiée pour racheter la vie du pauvre homme furent gardées par le gouverneur, qui n'en dépêcha pas moins le négociant.

Le marquis d'Espard s'arrêta.

– Ce malheureux se nommait Jeanrenaud, reprit-il. Ce nom doit vous expliquer ma conduite. Je n'ai pas pensé, sans une vive douleur, à la honte secrète qui pesait sur ma famille. Cette fortune permit à mon grand-père d'épouser une Navarreins-Lansac, héritière des biens de cette branche cadette, beaucoup plus riche alors que ne l'était la branche aînée de Navarreins. Mon père se trouva dès lors un des plus considérables propriétaires du royaume. Il put épouser ma mère, qui était une Grandlieu de la branche cadette. Quoique mal acquis, ces biens nous ont étrangement profité ! Résolu de promptement réparer le mal, j'écrivis en Suisse, et n'eus de repos qu'au moment où je fus sur la trace des héritiers du protestant. Je finis par savoir que les Jeanrenaud, réduits à la dernière misère, avaient quitté Fribourg, et qu'ils étaient revenus habiter la France. Enfin, je découvris dans monsieur Jeanrenaud, simple lieutenant de cavalerie sous Bonaparte, l'héritier de cette malheureuse famille. À mes yeux, monsieur, le droit des Jeanrenaud était clair. Pour que la prescription s'établisse, ne faut-il pas que les détenteurs puissent être attaqués ? À quel pouvoir les réfugiés se seraient-ils adressés ? leur tribunal était là-haut, ou plutôt, monsieur, le tribunal était là, dit le marquis en se frappant le cœur. Je n'ai pas voulu que mes enfants pussent penser de moi ce que j'ai pensé de mon père et de mes aïeux ; j'ai voulu leur léguer un héritage et des écussons sans souillure, je n'ai pas voulu que la noblesse fût un mensonge en ma personne. Enfin, politiquement parlant, les émigrés qui réclament contre les confiscations révolutionnaires doivent-ils garder encore des biens qui sont le fruit de confiscations obtenues par des crimes ? J'ai rencontré chez monsieur Jeanrenaud et chez sa mère une probité revêche : à les entendre, il semblait qu'ils me spoliassent. Malgré mes instances, ils n'ont accepté que la valeur qu'avaient les terres au jour où ma famille les reçut du Roi. Ce prix fut arrêté entre nous à la somme de onze cent mille francs, qu'ils me laissèrent la facilité de payer, à ma convenance, sans intérêts. Pour obtenir ce résultat, j'ai dû me priver de mes revenus pendant longtemps. Ici, monsieur, commença la perte de quelques illusions que je m'étais faites sur le caractère de madame d'Espard. Quand je lui proposai de quitter Paris et d'aller en province, où avec la moitié de ses revenus, nous pourrions vivre honorablement, et arriver ainsi plus promptement à une restitution dont je lui parlai, sans lui dire la gravité des faits, madame d'Espard me traita de fou. Je découvris alors le vrai caractère de ma femme : elle eût approuvé sans scrupule la conduite de mon grand-père, et se serait moquée des huguenots ; effrayé de sa froideur, de son peu d'attachement pour ses enfants, qu'elle m'abandonnait sans regret, je résolus de lui laisser sa fortune, après avoir acquitté nos dettes communes. Ce n'était pas d'ailleurs à elle à payer mes sottises, me dit-elle. N'ayant plus assez de revenus pour vivre et pourvoir à l'éducation de mes enfants, je me décidai à les élever moi-même, à en faire des hommes de cœur et des gentilshommes. En plaçant mes revenus dans les fonds publics, j'ai pu m'acquitter beaucoup plus promptement que je ne l'espérais, car je profitai des chances que présenta l'augmentation des rentes. En me réservant quatre mille livres pour mes fils et moi, je n'aurais pu payer que vingt mille écus par an, ce qui aurait exigé près de dix-huit années pour achever ma libération, tandis que dernièrement j'ai soldé les onze cent mille francs dus. Ainsi, j'ai le bonheur d'avoir accompli cette restitution sans avoir causé le moindre tort à mes enfants. Voilà, monsieur, la raison des payements faits à madame Jeanrenaud et à son fils.

– Ainsi, dit le juge en contenant l'émotion que lui donnait ce récit, madame la marquise connaissait les motifs de votre retraite ?

– Oui, monsieur.

Popinot fit un haut-le-corps assez expressif, se leva soudain, et ouvrit la porte du cabinet.

– Noël, allez-vous-en, dit-il à son greffier. Monsieur, reprit le juge, quoique ce que vous venez de me dire suffise pour m'éclairer, je désirerais vous entendre relativement aux autres faits allégués en la requête. Ainsi, vous avez entrepris ici une affaire commerciale en dehors des habitudes d'un homme de qualité.

– Nous ne saurions parler de cette affaire ici, dit le marquis en faisant signe au juge de sortir. – Nouvion, reprit-il en s'adressant au vieillard, je descends chez moi, mes enfants vont revenir, tu dîneras avec nous.

– Monsieur le marquis, dit Popinot sur l'escalier, ceci n'est donc pas votre appartement ?

– Non, monsieur. J'ai loué ces chambres pour y mettre les bureaux de cette entreprise. Voyez, reprit-il en montrant une affiche, cette histoire est publiée sous le nom d'un des plus honorables libraires de Paris, et non par moi.

Le marquis fit entrer le juge au rez-de-chaussée en lui disant : – Voici mon appartement, monsieur.

Popinot fut naturellement ému par la poésie plutôt trouvée que cherchée qui respirait sous ces lambris. Le temps était magnifique, les fenêtres étaient ouvertes, l'air du jardin répandait au salon des senteurs végétales ; les rayons du soleil égayaient et animaient les boiseries un peu brunes de ton. À cet aspect, Popinot jugea qu'un fou serait peu capable d'inventer l'harmonie suave qui le saisissait en ce moment.

– Il me faudrait un appartement semblable, pensait-il. Vous quitterez bientôt ce quartier ? demanda-t-il à haute voix.

– Je l'espère, répondit le marquis ; mais j'attendrai que mon plus jeune fils ait fini ses études, et que le caractère de mes enfants soit entièrement formé, avant de les introduire dans le monde et près de leur mère ; d'ailleurs, après leur avoir donné la solide instruction qu'ils possèdent, je veux la compléter en les faisant voyager dans les capitales de l'Europe, afin de leur faire voir les hommes et les choses, et les habituer à parler les langues qu'ils ont apprises. Monsieur, dit-il en faisant asseoir le juge dans le salon, je ne pouvais vous entretenir de la publication sur la Chine devant un vieil ami de ma famille, le comte de Nouvion, revenu de l'émigration sans aucune espèce de fortune, et avec qui j'ai fait cette affaire, moins pour moi que pour lui. Sans lui confier les motifs de ma retraite, je lui dis que j'étais ruiné comme lui, mais que j'avais assez d'argent pour entreprendre une spéculation dans laquelle il pouvait s'employer utilement. Mon précepteur fut l'abbé Grozier, qu'à ma recommandation Charles X nomma son bibliothécaire à la bibliothèque de l'Arsenal, qui lui fut rendue quand il était Monsieur. L'abbé Grozier possédait des connaissances profondes sur la Chine, sur ses mœurs et ses coutumes ; il m'avait fait son héritier à un âge où il est difficile qu'on ne se fanatise pas pour ce que l'on apprend. À vingt-cinq ans je savais le chinois, et j'avoue que je n'ai jamais pu me défendre d'une admiration exclusive pour ce peuple, qui a conquis ses conquérants, dont les annales remontent incontestablement à une époque beaucoup plus reculée que ne le sont les temps mythologiques ou bibliques ; qui, par ses institutions immuables, a conservé l'intégrité de son territoire, dont les monuments sont gigantesques, dont l'administration est parfaite, chez lequel les révolutions sont impossibles, qui a jugé le beau idéal comme un principe d'art infécond, qui a poussé le luxe et l'industrie à un si haut degré que nous ne pouvons le surpasser en aucun point, tandis qu'il nous égale là où nous nous croyons supérieurs. Mais, monsieur, s'il m'arrive souvent de plaisanter en comparant à la Chine la situation des états européens, je ne suis pas Chinois, je suis un gentilhomme français. Si vous aviez des doutes sur la finance de cette entreprise, je puis vous prouver que nous comptons deux mille cinq cents souscripteurs à ce monument littéraire, iconographique, statistique et religieux, dont l'importance a été généralement appréciée, nos souscripteurs appartiennent à toutes les nations de l'Europe, nous n'en avons que douze cents en France. Notre ouvrage coûtera environ trois cents francs, et le comte de Nouvion y trouvera six à sept mille livres de rente pour sa part, car son bien-être fut le secret motif de cette entreprise. Pour mon compte, je n'ai en vue que la possibilité de donner à mes enfants quelques douceurs. Les cent mille francs que j'ai gagnés, bien malgré moi, payeront leurs leçons d'armes, leurs chevaux, leur toilette, leurs spectacles, leurs maîtres d'agrément, les toiles qu'ils barbouillent, les livres qu'ils veulent acheter, enfin toutes ces petites fantaisies que les pères ont tant de plaisir à satisfaire. S'il avait fallu refuser ces jouissances à mes pauvres enfants si méritants, si courageux dans le travail, le sacrifice que je fais à notre nom m'aurait été doublement pénible. En effet, monsieur, les douze années pendant lesquelles je me suis retiré du monde pour élever mes enfants m'ont valu l'oubli le plus complet à la cour. J'ai déserté la carrière politique, j'ai perdu toute ma fortune historique, toute une illustration nouvelle que je pouvais léguer à mes enfants ; mais notre maison n'aura rien perdu, mes fils seront des hommes distingués. Si la pairie m'a manqué, ils la conquerront noblement en se consacrant aux affaires de leur pays, et lui rendront de ces services qui ne s'oublient pas. Tout en purifiant le passé de notre maison, je lui assurais un glorieux avenir : n'est-ce pas avoir accompli une belle tâche quoique secrète et sans gloire ? Avez-vous maintenant, monsieur, quelques autres éclaircissements à me demander ?

En ce moment le bruit de plusieurs chevaux retentit dans la cour.

– Les voici, dit le marquis.

Bientôt les deux jeunes gens, de qui la mise était à la fois élégante et simple, entrèrent dans le salon, bottés, éperonnés, gantés, agitant gaiement leur cravache. Leur figure animée rapportait la fraîcheur du grand air, ils étaient étincelants de santé. Tous deux vinrent serrer la main de leur père, échangèrent avec lui, comme entre amis, un coup d'œil plein de muette tendresse, et saluèrent froidement le juge. Popinot regarda comme tout à fait inutile d'interroger le marquis sur ses relations avec ses fils.

– Vous êtes-vous bien amusés ? leur demanda le marquis.

– Oui, mon père. J'ai, pour la première fois, abattu six poupées en douze coups ! dit Camille.

– Où êtes-vous allés vous promener ?

– Au bois où nous avons vu notre mère.

– S'est-elle arrêtée ?

– Nous allions si vite en ce moment, qu'elle ne nous a sans doute pas vus, répondit le jeune comte.

– Mais alors pourquoi n'êtes-vous pas allés vous présenter ?

– J'ai cru remarquer, mon père, qu'elle n'est pas contente de se voir abordée par nous en public, dit Clément à voix basse. Nous sommes un peu trop grands.

Le juge avait l'oreille assez fine pour entendre cette phrase, qui attira quelques nuages sur le front du marquis. Popinot se plut à contempler le spectacle que lui offraient le père et les enfants. Ses yeux, empreints d'une sorte d'attendrissement, revenaient sur la figure de monsieur d'Espard, de qui les traits, la contenance et les manières lui représentaient la probité sous sa plus belle forme, la probité spirituelle et chevaleresque, la noblesse dans toute sa beauté.

– Vous, vous voyez, monsieur, lui dit le marquis en reprenant son bégaiement, vous voyez que la justice, que la justice peut entrer ici, ici, à toute heure ; oui, à toute heure ici. S'il y a des fous, s'il y a des fous, ce ne peut être que les enfants, qui sont un peu fous de leur père, et le père qui est très-fou de ses enfants ; mais c'est une folie de bon aloi.

En ce moment la voix de madame Jeanrenaud se fit entendre dans l'antichambre, et la bonne femme entra dans le salon malgré les observations du valet de chambre.

– Je ne vais pas par quatre chemins, moi ! criait-elle. Oui, monsieur le marquis, dit-elle en faisant un salut à la ronde, il faut que je vous parle à l'instant même. Parbleu ! je suis venue encore trop tard, puisque voilà monsieur le juge criminel.

– Criminel ! dirent les deux enfants.

– Il y avait de bien bonnes raisons pour que je ne vous trouvasse pas chez vous, puisque vous étiez ici. Ah, bah ! la justice est toujours là quand il s'agit de mal faire. Je viens, monsieur le marquis, vous dire que je suis d'accord avec mon fils de tout vous rendre, puisqu'il y va de notre honneur, qui est menacé. Mon fils et moi, nous aimons mieux tout vous restituer que de vous causer le plus léger chagrin. En vérité, faut être bête comme des pots sans anse pour vouloir vous interdire…

– Interdire notre père ? crièrent les deux enfants en se serrant contre le marquis. Qu'y a-t-il ?

– Chut, madame ! dit Popinot.

– Mes enfants, laissez-nous, dit le marquis.

Les deux jeunes gens allèrent au jardin.

– Madame, dit le juge, les sommes que monsieur le marquis vous a remises vous sont légitimement dues, quoiqu'elles vous aient été données en vertu d'un principe de probité très-étendu. Si les gens qui possèdent des biens confisqués de quelque manière que ce soit, même par des manœuvres perfides, étaient, après cent cinquante ans, obligés à des restitutions, il se trouverait en France peu de propriétés légitimes. Les biens de Jacques Cœur ont enrichi vingt familles nobles, les confiscations abusives prononcées par les Anglais au profit de leurs adhérents, quand l'Anglais possédait une partie de la France, ont fait la fortune de plusieurs maisons princières. Notre législation permet à monsieur le marquis de disposer de ses revenus à titre gratuit sans qu'il puisse être accusé de dissipation. L'interdiction d'un homme se base sur l'absence de toute raison dans ses actes ; mais ici la cause des remises qui vous sont faites est puisée dans les motifs les plus sacrés, les plus honorables. Ainsi vous pouvez tout garder sans remords et laisser le monde mal interpréter cette belle action. À Paris, la vertu la plus pure est l'objet des plus sales calomnies. Il est malheureux que l'état actuel de notre société rende la conduite de monsieur le marquis sublime. Je voudrais, pour l'honneur de notre pays, que de semblables actes y fussent trouvés tout simples ; mais les mœurs sont telles que je suis forcé, par comparaison, de regarder monsieur d'Espard comme un homme auquel il faudrait décerner une couronne au lieu de le menacer d'un jugement d'interdiction. Pendant tout le cours d'une longue vie judiciaire, je n'ai rien vu ni entendu qui m'ait plus ému que ce que je viens de voir et d'entendre. Mais il n'y a rien d'extraordinaire à trouver la vertu sous sa plus belle forme alors qu'elle est mise en pratique par des hommes qui appartiennent à la classe la plus élevée. Après m'être expliqué de cette manière, j'espère, monsieur le marquis, que vous serez certain de mon silence, et que vous n'aurez aucune inquiétude sur le jugement à intervenir, s'il y a jugement.

– Eh ! bien, à la bonne heure, dit madame Jeanrenaud, en voilà un de juge ! Tenez, mon cher monsieur, je vous embrasserais si je n'étais pas si laide ; vous parlez comme un livre.

Le marquis tendit sa main à Popinot, et Popinot y frappa doucement de la sienne en jetant à ce grand homme de la vie privée un regard plein d'harmonies pénétrantes, auquel le marquis répondit par un gracieux sourire. Ces deux natures si pleines, si riches, l'une bourgeoise et divine, l'autre noble et sublime, s'étaient mises à l'unisson doucement, sans choc, sans éclat de passion, comme si deux lumières pures se fussent confondues. Le père de tout un quartier se sentait digne de presser la main de cet homme deux fois noble, et le marquis éprouvait au fond de son cœur un mouvement qui l'avertissait que la main du juge était une de celles d'où s'échappent incessamment les trésors d'une inépuisable bienfaisance.

– Monsieur le marquis, ajouta Popinot en le saluant, je suis heureux d'avoir à vous dire que, dès les premiers mots de cet interrogatoire, j'avais jugé mon greffier inutile. Puis il s'approcha du marquis, l'entraîna dans l'embrasure d'une croisée et lui dit : – Il est temps que vous rentriez chez vous, monsieur ; je crois qu'en cette affaire madame la marquise a subi des influences que vous devez combattre dès aujourd'hui.

Popinot sortit, se retourna plusieurs fois dans la cour et dans la rue, attendri par le souvenir de cette scène. Elle appartenait à ces effets qui s'implantent dans la mémoire pour y refleurir à certaines heures où l'âme cherche des consolations.

– Cet appartement me conviendrait bien, se dit-il en arrivant chez lui.

Le lendemain, vers dix heures du matin, Popinot, qui la veille avait rédigé son rapport, s'achemina au Palais dans l'intention de faire prompte et bonne justice. Au moment où il entrait au vestiaire pour y prendre sa robe et mettre son rabat, le garçon de salle lui dit que le Président du Tribunal le priait de passer dans son cabinet, où il l'attendait. Popinot s'y rendit aussitôt.

– Bonjour mon cher Popinot, lui dit le magistrat en l'emmenant dans l'embrasure de la fenêtre.

– Monsieur le Président, s'agit-il d'une affaire sérieuse ?

– Une niaiserie, dit le Président. Le Garde des sceaux, avec lequel j'ai eu l'honneur de dîner hier, m'a pris à part dans un coin. Il avait su que vous étiez allé prendre le thé chez madame d'Espard, dans l'affaire de laquelle vous avez été commis. Il m'a fait entendre qu'il était convenable que vous ne siégiez point dans cette cause…

– Ah ! monsieur le Président je puis affirmer que je suis sorti de chez madame d'Espard au moment où le thé fut servi ; d'ailleurs ma conscience…

– Oui, oui, dit le Président, le Tribunal tout entier, la Cour, le Palais vous connaissent. Je ne vous répéterai pas ce que j'ai dit de vous à Sa Grandeur ; mais vous savez : la femme de César ne doit pas être soupçonnée. Aussi ne faisons-nous pas de cette niaiserie une affaire de discipline, mais une question de convenance. Entre nous, il s'agit moins de vous que du Tribunal.

– Mais, monsieur le Président, si vous connaissiez l'espèce, dit le juge en essayant de tirer son rapport de sa poche.

– Je suis persuadé d'avance que vous avez apporté dans cette affaire la plus stricte indépendance. Et moi-même, en province, simple juge, j'ai souvent pris bien plus qu'une tasse de thé avec les gens que j'avais à juger ; mais il suffit que le Garde des sceaux en ait parlé, que l'on puisse causer de vous, pour que le Tribunal évite une discussion à ce sujet. Tout conflit avec l'opinion publique est toujours dangereux pour un Corps constitué, même quand il a raison contre elle, parce que les armes ne sont pas égales. Le journalisme peut tout dire, tout supposer ; et notre dignité nous interdit tout, même la réponse. D'ailleurs j'en ai conféré avec votre Président, et monsieur Camusot vient d'être commis sur la récusation que vous allez donner. C'est une chose arrangée en famille, car je vous demande votre récusation comme un service personnel, et en revanche, vous aurez la croix de la Légion-d'Honneur qui vous est depuis si longtemps due, j'en fais mon affaire.

En voyant monsieur Camusot, un juge récemment appelé d'un Tribunal du ressort à celui de Paris et qui s'avança pour le saluer, Popinot ne put retenir un sourire ironique. Ce jeune homme blond et pâle, plein d'ambition cachée, semblait prêt à pendre et à dépendre, au bon plaisir des rois de la terre, les innocents aussi bien que les coupables et à suivre l'exemple des Laubardemont plutôt que celui des Molé. Popinot se retira en saluant le Président et le juge, et dédaigna de relever la mensongère accusation portée contre lui.